ココデナイドコカ

島村洋子

祥伝社文庫

目次

密閉容器

1

騙《だま》されていることには気づいていた。

正確に言えば完全に気づいていたわけではないけれど、頭の片隅《かたすみ》ではわかっていた。わかっていたけれど、続けたかった。

好きだったから。

「好きだった」といっても本当に「好きだった」かどうかは自分でもあやしい。何年も何年も好きな人がいなかったからといって、誰でもよかったわけではないけれど、なんとなく好きになれそうな人が欲しかったのだ。

つまらない日常の励《はげ》みとして。

姿見《すがたみ》に映る私の着物姿はなかなかいい。

中身がどうというより、ひとりできちんと着られるようになった自分が誇らしかった。

来週に控《ひか》えた妹の結婚式にもきちんと自分で着て出席できるはずだ。

髪も茶髪にしなかった甲斐《かい》がある、と思う。

分けていくと奥のほうに白髪《しらが》もちらほらあるのは知っていたけれど、私はあえて染めなかった。

正直に言えば「あえて染めなかった」というより、「勇気がなかった」という気持ちに近い。

三十歳も近くなって「勇気がなかった」という言い方も変だけれど、事実、私はそうだった。

親の前では煙草《たばこ》は吸えない。

だから他の人の前でも吸えない。

私の友人はみんな吸っている。

仕事が終わって旧《ふる》い友人たちと小洒落《こじゃれ》た居酒屋などで待ち合わせすると、みんなオーダーしたあと、すぐに煙草入れを取り出して「我慢してました」というように白い煙をあわてて吐《は》く。

それから「とりあえず」やって来た生ビールを、

「カンパーイ、カンパーイ」

などと言いながら半分くらい一気に飲む。

そのときだって煙草は灰皿に一瞬、置かれるだけである。

それはすぐに彼女たちの唇に戻されるのだ。

そんな彼女たちにとっては「何でもないこと」が私にはできない。

単純にお酒に弱い、ということもある。

彼女たちは私に、

「吐くまで練習しないからよ。私も最初は弱かったもん」

などと言う。

それはそうかもしれない、とは思う。

しかし私は吐くまで飲む自信がない。

そうなるまでに何かしらみっともないことをやってしまいそうな自分が怖いのだ。

酩酊《めいてい》する直前に「見たくない自分」が出てくるかもしれない。

しれない、ではなくて「見たくない自分」はきっと出てくるように思う。

私は気が利《き》いて、おとなしくて、優しくて、内気、とみんな思っているだろう。

そしてそれは表面の評価としては当たっている。

しかし私の胸の下のところ、胃のちょっと上あたりに蓋《ふた》付きの箱があることをみんな知らないのだ。

私は腹が立ったり、悲しかったり、やりきれなかったりすると、ひとりベッドの上で布《ふ》団《とん》をかぶり、想像をする。

胸のあたりにある銀色の金属製の鍵付きの大きな箱を。

それは密封したら最後、中に入れた物は絶対に出てこない仕組みになっている。

そこに私は、怒りや悲しみや憎《にく》しみを入れてしまうのだ。

入れたが最後、それは二度と再び出て来はしない。

何しろ密閉容器だし、鍵も付いている。完璧にして完全な入れ物だからだ。

しかし密閉容器というものは、中の物がなかなか腐《くさ》らない。怒りも悲しみもみな、入れたときそのままのかたちである。だから酩酊する寸前に、その蓋が開いてしまったら……と思うと怖いのだ。

初めにその箱に入れようとした感情は何だろう。

多分、入社一年目、私がボーッとしているあいだに同期の女の子たちはちゃっちゃと恋人をゲットしていたということ、その中には研修のときに一目ぼれしたS君や親切だったB先輩もいたということ。それを知ったまだ若かった私の驚き。

それら一連の感情かもしれないが判然とはしない。

そのころの私はまじめにも、仕事の段取りを覚えることに必死で、慣れたらきっと告白しよう、などと悠長《ゆうちょう》なことを思っていたような気がする。

「そんなふうに悠長でいられたということはそれほど彼らを好きではなかったのかも」と考えて、悔《くや》しさを違う方向に持っていってあきらめようとした。

同期は結婚でずいぶんやめた。

やめるときになって、ああ、この子たちがいつも「恋人がいない」と言っていたのは嘘だったのだ、とわかった。

それは社内恋愛だから秘密にすすめていたというより、私をかわいそうに思ってみんな「親切に」黙っていてくれたらしい。

少なくとも私は知り合いに嬉《うれ》しいことがあったら喜べる人間でいたいと思っているし、実際に打ち明けられても喜ぶようにした、と思う。

しかしみんなは「親切に」黙っていてくれたのだ。

「そんなに親切ならば、じゃあ、一生、黙っていてよ。死ぬまで私の耳に入れないで」

と言いたい気持ちをおさえるのはつらかった。

そのとき私は「密閉容器」を思いついたのかもしれない。

やっていないミスを私にかぶせてくる上司などへの怒りもここに入れたと想像すると、それはずいぶんと楽になった。

そのうちみんなは私のことを、「怒らない人」「いい人」と思うようになったらしい。

しかしどんなに温厚に見えたって、人間には「怒り」というものも「憎しみ」というものも平等に内在しているのだ。

そんな私をみんな大切にするどころか、うまく利用するようになった。

旅行も幹事、宴会も幹事、歓迎会も送別会もすべて私が段どらなくてはならなくなった。うまくいっても誰もほめず、楽しくなかったら、ぶつくさ言う。

「やっぱり飲まない人が幹事、するべきだよね」

などというせりふを最初は笑って聞いていたが、今ではそんな言葉すら聞かず、雑用はすべて自動的に私、と決まっている。

このことを社外の知人に言ってみたことがあるが、

「それは人徳だよ。信頼されてるってことじゃないの？」

という返事がかえってきたりした。

なるほど私には「人徳」があるらしい。

「人徳」はいいことらしいが、銀行に預ければ利息が付くのだろうか。

会社のことはもういい。

どうせみんな真剣には取り合ってくれないのだから。

蓋していたるものの中には、家族のこともある。

2

妹の可奈子《かなこ》は大学入学と同時に家を出て行った。

大学は通おうと思ったら通えない距離ではなかったのに、

「最初の学年は一時間目からあるから通えない」

などと言い出したのだ。

うちは裕福ではないのになんて勝手なことを言うのだろう、と腹が立ったけれど、私にも可奈子の気持ちがわからないでもなかった。

中学の校長だった父が急死して、その恩給と年金で家族は生活していた。

母は厳しいというより、病的にこどもの生活態度をチェックする人だった。

門限も友人たちよりはだいぶ早かったし、服装にもうるさかった。

あるとき腹立ちまぎれに私が、

「早く帰って来たって昼間にだってラブホテルは行けるのよ」

と言ったとたん、母は昼にも一回、自宅に電話するようにと私に強制するようになったのだ。

今思えば、彼女は病気だったのだ。

夫に先立たれ不安でもあったろう、と同情もできる。

しかし当時の私にはそれがわからなかった。

ただただ自分は無期限の牢獄に入れられている、という感覚しかなかったのだ。

学校から早く帰って来ても、そんな気持ちでは母と一緒に夕飯を食べていても楽しいはずはない。

しかし私はどうしても母の言い付けどおりに早く帰って来てしまうのだ。

いったいどういうわけか自分でもよくわからない。

学校でコンパに誘われるたびに、嬉しいとは思うけれど、どうしても行く気持ちになれなくて、直前で断るので「ドタキャンの靖代《やすよ》」と言われて、そのうちに誰も誘ってくれなくなった。

勤めるようになったら、そのあたりがゆるくなるかと思ったけれど、母の私に対する態度は余計にひどくなっていった。

家計の一部を私が負担することになり、もっと彼女は私に依存して来るようになったのだ。

「欲しい物を遠慮しながら自分の給料から払う」ということが精神衛生上良くなかったのはもちろんのこと、生活全般に余裕がなくなり、私はだんだん友人とでかけたりするのにも罪悪感を持つようになってしまった。

そんな女に恋人なんかできるわけはない。

取引先の人などがデートに誘ってくれることがまれにあったが、私が夜、あわてて帰りたがるので、相手に「この女は自分に好意を持っていないのだ」というふうに解釈されて、結局はうまくいかなかった。

しかしもうそんなこともなくなりつつある。

私もかつてのように若くもなくなったし、母も弱ってきていたから。

そんなとき、私は「彼」に出会ったのだった。

3

会社の帰りにふらふらと着物屋の前を通りかかり、そのショーウィンドウを眺《なが》めていたことがあった。

このあいだ久《ひさ》しぶりに会った妹が、

「もうすぐ結婚するかもしれない」

と言ったのを私は急に思い出したのだ。

具体的な話にはなっていないようだったが、ふたりの気持ちは固まっているという話だった。

そのとき、「もし妹が結婚式をするとしたら、私は着物を着なくてはならないのだろうか」と思ったことが頭のどこかに引っ掛かっていたのだろう。

いつもより熱心に私はショーウィンドウを眺めた。

しかし店の中に入るのはやめておいた。

着物というのは私なんかがおいそれと簡単に買える物ではない、ということくらいわかっていたからである。

駅に向かおうと交差点まで来たときに後ろから声をかけられた。

「彼」だった。

「すみません。ちょっといいですか」

その声をどうせキャッチセールスか何かだろう、と私が無視していたら、彼は前に回り込んできた。

「バッグ、開いてますよ」

ふと見ると私のハンドバッグの口が開いていたのだ。

横断歩道を渡りながら、あわてて確認すると、幸い中の物は何もなくなっていないようだった。

邪険《じゃけん》にしてしまったので気まずい思いで顔を上げた。

するとそこにはなんとなく好きな感じの顔があった。

彼はほほ笑んでいたのだ。

4

「着物、興味あるんですか」

彼はセルフサービス式のコーヒーショップで紙コップを持ったまままたずねた。

それはいきなり出て来た言葉ではなく、お天気の話や季節の話などをしたあとの話題だった。

だから私は信用してしまったのだと思う。

紙コップの底が見えるくらいにコーヒーの量が少なくなったころ、私は彼のことがすっかり好きになっていた。

「そういうわけではないんだけど」

と私は言い、妹が結婚するらしいからやはり式には着物で出席したいと思って、ショーウィンドウを眺めていたことを話した。

私は見知らぬ人に自分のことをあまりぺらぺらとしゃべるタイプではない。

それは警戒心が強いからというより、私の話なんか誰も喜ばないだろう、と思い込んでいたからである。

しかし熱心に彼がうんうんとうなずいてくれるので、ついつい私は余計なことを話してしまったのだ。

彼はそのときにいきなり着物のことを持ち出すようなことはしなかった。

今から思えば、彼は「ガチョウを食べるには太らせてからだ」と考えていたのだろう。

私はおそるおそる彼の職業をきいた。

「繊維関係」

と彼は言い、私は勝手に糸かなんかを扱っているのかな、と思った。

繊維関係、と言ったときの「セ」が「シェ」のような発音だったので、九州出身の人のような気がした。

うちの親戚にもそういう発音の人がいたからだ。

彼は「西《にし》」と名乗った。

素敵な姓だな、と私は思った。明るい方角のような気がしたからだ。

それから私たちは五回、会った。

もう母に叱《しか》られようが、どうでもいい、と思っていた。

このくらいいいではないか。

私は充分に彼女の娘を演じて来たのだから。

初めてのデートの帰り、母は玄関先で立っていた。

元気なときのように仁王立《におうだ》ちというのではなく、下駄箱によりかかるように立っていたのだ。

そして私に、

「何時だと思っているの？」

と言った。

私は、

「十一時かな」

と玄関先の時計を見るふりをして言った。零時《れい》を過ぎているのは知っていたけれど。倒れかけの小さなカカシのように斜めに下駄箱にもたれたまま、母は何も言わなかった。その母の後ろにかなり大きな段ボールがあるのには気がついたけれど、私はそのままにしておいた。

誰か親戚がミカンでも送って来たのだろう、と軽く考えていたからである。

母が何も言わなかったので、私はそのときから二週間に一度くらい「西」に会った。

私は携帯電話を持っていないので、会うときには彼からは時々、会社にメールがあったり、電話があったりした。

もう帰りが遅くなっても母は何も言わなかった。

ただいつも黙って玄関先にカカシのように立っているのだ。

カカシの傾いた角度はだんだんひどくなり、そのうちくずおれてしまうかに見えた。

くずおれるなら、くずおれていいじゃないの、とどうやらそのころの私は思っていたらしい。

どうやら、というのは当時の私はそれすらもまったく意識していなかったのだ。

ただ「西」ともっと会えれば良いな、と考えていた。

私は彼にたくさん自分のことを語れるようになっていたからだ。

自分のことを語れば語るほど気持ちの一部が軽くなるような感じがして、たいしておもしろくもない話を大きくうなずきながら聞いてくれる「西」のことをどれだけ心強く思うようになっていたことだろう。

彼に対してだけではなく、同僚にも自分のことを少しは語るようになったら、心なしかみんなの態度も少しずつ変わって来たように思えた。

そのころの私はすべてが良いほうに向かっているような気がして、すべてに光が満ちているような気がしていた。

彼が私と同い年で、なおかつ独身らしい、ということも私の心を明るくしていた。

私もそんなに性急に彼と「結婚したい」と思っていたわけではないけれど、結婚している男と仲良くなるよりはずいぶん、いい話だった。

私が楽しい日々を過ごすことと反比例して、日に日に玄関先の段ボールは増えていった。

開けられもせず、ただただ玄関先に積まれて行く段ボール箱に、「いくらなんでも変だ」と思って確かめようとしたところ、私あてに次々と請求書が届くようになった。

「ステンレス鍋セット」「金魚運動器具」「ストレッチ座椅子」「のびのび脚立《きゃたつ》」「ソーイングセット」など、誰が何の目的でこれを買うのだろう、というような物が山ほど送られて来ていたらしい。

段ボールに入ったまま、開けられもしない通販の品物が玄関先に積まれていたのだ。

「使う物なら買ってもいいけれど、どうして使いもしない物を買ってしまうの？　これ、全部、私に払わせようと思ってるんでしょ。それって私に対するいやがらせ？」

私はテレビの前にぼんやりすわっている母の鼻先に請求書を突きつけて言った。

母は黙ったままだった。

「黙って解決するような問題じゃないのよ。これが全部でいくらになってるか、わかっているの？　そのうち可奈子も結婚するらしいのにこんな無駄遣《むだづか》いできるわけはないでしょ？」

可奈子には結婚のことを口止めされていたけれど、私は勢いがついて母にしゃべってしまった。

母は一瞬、目を見開いたけれど、それについてたずねるということはしなかった。可奈子のことはもうすっかり自分がコントロールできる範疇《はんちゅう》にはない、ということがわかっているのだろう。

本当に可奈子はうまいことやったもんだ、と私はあらためて思った。

それにしても多分、十数万にはなっていると思われる請求をいったいどうすればいいのだろう。

とにかく返品できる品物は返品してしまって、残りを前回のボーナスの残りの預金で払うしかない、と私は頭の中で計算してみた。

「……だって、欲しかったんだもの」

母はポツリとそう言った。

私は一瞬、なんと返事をしていいのかわからなかった。

「欲しかった、って言ったって、欲しかった物が送られて来ても開けようともしないじゃないのよ」

そう言いながら、私は腹立ちのあまり泣いてしまいそうになった。

そんなに私が何度かデートしたことが気に食わないのか。

私は今の今までまじめに過ごしてきたではないか。

大学生になったとたん、さっさと親元を出た妹と違い、私はできる限りあなたの言うことをきいてきたではないか。

この請求はたった三回のデートの罰だというのか。

「だって、そのときは欲しかったんだもの」

こどものように少し口をとがらせて母は言った。

「今は？」

私はきいた。

「今は欲しくない」

返品できる物は返品したとしてもそれでも十二万ほどは払わなくてはならない計算だった。

いくら「西」には何でも話せるといっても、こんな身内の恥になるようなことはやはり話したくなかった。

そのころである。

彼の仕事が着物の販売だ、ということを知らされたのは。

会ったときから彼は少し落ち込んでいるように見えた。

いつもはにこにこと朗《ほが》らかで、私のつまらない話にも力強くうなずいてくれるのに、その日の彼はただ曖昧《あいまい》な笑みを浮かべるだけだった。

「どうしたの？」

とシャンパングラスを唇から離して私はたずねた。

「いや、べつに」

と彼は言ったが、そう言われれば言われるほど気になる。

私は彼のことを「恋人」と思っていたわけではないけれど、私ができることは何でもしてあげたかった。

好きだったから。

「彼が私のことを好きだ」という確実な証拠があったわけではなかったけれど、私は彼の役に立ちたかった。

好きだったから。

少なくともあの真っ暗な牢獄のような毎日から救い出してくれたのは、彼だったのだから。

「いやー、仕事でね」

彼がそう口を開いたのは、私が同じ質問を三回、した後だった。

何でも彼は着物の販売の仕事をしているらしい。

毎月「ノルマ」というほどきついものではないけれど、「目標」というものがあるという。

いつもはそれを簡単にクリアしていたけれど、どういうわけか今月はうまくいかず、ちょっと落ち込んでいるのだという。

「今月もクリアできたら、間違いなく主任になれるはずだったんだけれど、まあ、駄目なものは駄目で、考えてもしょうがないから」

彼の言葉に私は思わず、身を乗り出してたずねた。

「『目標』ってあといくらくらいなの？」

「えっ？」

私の問いかけに彼は驚いたように笑った。

「十万くらいだよ。たいしたことないんだけど」

「十万くらいの商品って何があるの？」

「どうしてそんなこと、きくの？」

彼は私の顔をのぞき込むようにしてきいた。

「えっ？　どうせ私は妹の結婚式のために着物を買おうと思っていたから、買ってもいいな、と思って」

「そんな申しわけないこと、お願いできないよ」

彼はそう言ったが、私はなおも言った。

どうせ買わねばならないものなのだから、知り合いから買ったほうがいいではないか。

「しょうがないな。じゃ、今度、会社に来てよ」

彼がそう言ったのは、食後のコーヒーを飲み終わったあとだった。

私は次の土曜日に彼の会社に行くことを約束した。

その夜の別れ際、私たちはキスをした。

お礼なのか、おやすみなのか、わからないが、私は嬉しくてたまらなかった。

その夜、妹の電話を受けるまでは。

可奈子は挨拶《あいさつ》もせずにいきなり、

「お姉ちゃん、知ってたの？」

　と言った。

　もちろん私には何のことやらわからなかった。

「お母さんのリスト、出回っているのよ」

「お母さんのリストって何よ？」

「お母さんさ、『ボケかけていて、何でも物を買ってくれるカモの老人』ってことになっていて、悪徳の通販業者なんかに名前と電話番号と住所とかが流れているんだって。友だちで電話オペレーターのバイトをしてる子がいるんだけど、『可奈子のお母さん、リストに載《の》ってたよ』って教えてくれたのよ」

　私は思わず箱がずっと置かれていた玄関先のことを思い浮かべた。

「たしかに要《い》らない物ばかり送られて来てたわよ」

　私は言った。

「でも全部、始末したわよ。私が」

　私が、というところに私は力をこめて言った。

　あんたは何もしなかったじゃないの。早くに家を出て行って、好き勝手なことばっかりして。

「なんで気がついたら止めなかったの。なんか金銭を使えなくするとか」

「気づいたから止めたわよ。なんにもしなかったのはあんたのほうじゃないの」

私は言った。

送信履歴に通販業者らしき番号が残っていないか毎日、チェックしているし、私は郵便局や宅配業者に「小包は局や配送所留めにしてください」と通知を出した。

それらの場所に小包が来たら、私に直接、電話がかかる仕組みだ。

「お母さん、寂《さび》しかったんじゃないの」

可奈子が電話口でしんみりとした声をだした。

「あんたのせいじゃないの。私はずーっと家にいるし」

「私はしょっちゅうお母さんに電話するようにしてたよ。お母さんからもよくかかってくる、お姉ちゃんがいないときに。結婚のことを言ったら喜んでくれたし。なんか寂しそうだったもの、いつも。お姉ちゃんはお母さんのことちゃんと考えてあげないで、ただ一緒にいるだけだったんじゃないの。寂しいから、オペレーターの女の人にいろいろしゃべっちゃうんじゃないのかな。そんな人、多いらしいよ。友だちが言ってたけど。『お婆さんやお爺さんや中年の女の人は話し相手が欲しいみたいだ』って。相手がセールスだとわかっていても寂しさのあまりにしゃべっちゃうんだって」

私は受話器を持ったまま、二の句が継《つ》げなかった。

毎日毎日そばにいた私が母のことをちっとも理解していなくて、さっさと家を出た妹のほうがなんでもわかっているようなことを言う。

結婚のことも私には「お母さんに内緒にして」と口止めしたくせに、自分からはもう話しているらしい。

寂しい老人をカモにしている「リスト」というものがこの世に存在しているのにも腹が立った。

それならば「このまま寂しくひとりで死んでいきそうな女のリスト」があって、私の名前が入っていてもおかしくない。

「寂しかろうが寂しくなかろうが、だからって買い物をしていいっていうもんでもないでしょ。あんたは口ばっかりで具体的に役に立たないじゃないの。払うものは払ったし、私の責任は充分、果たしていると思うわ」

私はそう言って電話を切った。

具体的に役に立ってきた自分のほうがずいぶん妹より誠実である、という自負もあったし、母が妹のほうを信頼しているらしい、ということにも腹が立っていた。

母にこのことを言ってやろうかと思ったけれど、なんて言って良いものやら言葉が見つからなかった。

5

並んだ着物はみんな見事だった。

あまり派手なのは自分の顔には合わないと思い、私は山吹色《やまぶきいろ》の付け下げ訪問着を見つけた。

「もっと桜色とか可愛らしい色になさったほうがよろしいですよ」

さっき入り口で、

「私が担当させていただきます」

と挨拶した若い山口《やまぐち》という女の子が言った。

担当ってなんだろう、大袈裟《おおげさ》だな、と思って後ろにいた「西」を振り仰《あお》いだら、

「うちはそういうシステムなんだよ。あとでわからないことがあったときとかに電話で担当が対応できるように」

と言ったので、私はずいぶんきちんとした着物屋だな、と思った。

だってそこは普通のオフィスビルの七階にあって、ショーウィンドウなどもないし、入り口を入ってようやく着物が展示されているのが見える、といったような場所だったからだ。

最初は不安だった私も、高級なところというのは案外、こうなっているのかな、とだんだん思うようになった。

ずっと一緒にいて着物を選んでくれるものと思っていた「西」が、

「すみません。ちょっと外回りに出ないといけないので」

と、すぐにいなくなって不安だったが、それを解消するように担当になった女の子がにこにこと反物《たんもの》を取り出してくれた。

休憩に昆布《こぶ》茶をいれてくれたとき、彼女が、

「西もいつも渡辺《わたなべ》さんのこと、『いい人だ』って言ってますよ」

と言ってくれたのも飛び上がるほど嬉しかった。

しばらくして「いい人だ」というのは、「女としては魅力がない、という意味なのかしら」と思って悲しくもなったが、同じ会社の女の子には詳《くわ》しい交際内容は言わないのだろう、と考え直したりした。

着物は見ているうちに迷いが深くなる物らしく、考え続けても仕方ないと思い、結局、最初に気に入った物にして帯と帯揚げや草履《ぞうり》などの小物一式を含めて七十五万円程度になった。

少し高いと頭をよぎったけれど、しょっちゅう買う物ではなし、いいか、と思い直した。

母だってあんなに買い物をしたというのに、私は最近、靴のひとつも買っていなかったのだから。

それを十二回のクレジットにしてもらった。

月々十万円程度を一年間、払わなくてはならないが、着物にはあまり流行がないから、何年も着ればそんなに高い買い物でもない、とも思った。

仕立てが上がるのは来月の半《なか》ばということなので、私はそれまでに着付けのお稽古《けいこ》にでも通おう、と思った。

近所に教室があるのでいつか通いたい、と思っていたし、着物の販売をしている男とこのまま付き合うということになれば、着付けくらいできたほうがいいと思ったからである。クレジット書類にサインを済ませ、表に出て空気を吸うと、不思議にすっきりとした。

「大金を払った」という緊張から一気に解放されたからかもしれないし、「自分の好きな男の窮地を救った」という達成感があったからかもしれない。

「解放された」といっても、これから一年間、たいして贅沢《ぜいたく》はできなくなるだろうし、「窮地を救った」といっても、たった一度のことだけだから来月はどうなるだろう、という心配もあったが。

それでもあの美しい山吹色の着物を着たら、私はずいぶん違う人間のように見えるのではないか、と思うと心が躍った。

あの着物が少しずつ明るくなりつつある自分の心の象徴のように思えたのだ。


妹の婚約者は翌週の日曜日に挨拶に来た。

あんなに勝手な妹なのに、どうしてこんなまじめそうな人を好きになったのだろう、と疑問に思えるくらいの男だった。

区役所勤務で趣味は碁《ご》だと言った。

しかし妹は私たちには見せたことがないような愛想のいい顔をその男に向けている。

恋をするというのはまさしくこういうことなのだろう。

他人から見たらどこがいいかわからない人物の美点を、それも本当は存在していないかもしれない美点を、うっとりと眺めることができるのが恋なのだ。

相手側の親の反対もないらしく、もちろんうちとしても反対する理由もなく、あっさりと結納《ゆいのう》と結婚式の日取りが決まった。

日取りが決まったとたん、母ははりきりだした。

これが今までぼーっとテレビの前に悲しげにすわっていた人か、と疑いたくなるくらい、日々の動作もてきぱきして来た。

通販で買い物はいっさいしなくなったし、私が少しくらい遅く帰って来ても何も言わなくなった。

とはいえ私が遅くなる理由は「西」ではなく、着付け教室のためだった。

短い間にひとりで着られるようになろうとすると結構、詰めて通わなくてはならないのだ。

最初は着るというより、たたみかたの勉強から始まった。服とは違って着物がただ一枚の四角い布になるように慎重《しんちょう》にたたんでいくのがおもしろかった。

着付けは浴衣《ゆかた》から始まり、家にあった安物の着物を持って行った。

あの山吹色の付け下げが完成したら、それを持って行って着られるようになろう、と私ははりきっていた。

妹は結婚の準備でしょっちゅう実家に戻ってくるようになり、時には婚約者も連れてくるので、家がいっそう活気づいた。

母も気合を入れて、料理をするようになったし、私のまわりはつい何ヵ月か前とは比べ物にはならないくらいに明るくなった。

しかし「西」とはだんだん連絡がつかなくなっていた。

携帯電話に電話すると、

「ごめんね。なかなかノルマが厳しくて」

などと言っていたので、今、本当に忙しい時期なのだから邪魔したら悪い、と思ってしばらくは連絡をしなかった。

以前のようにメールなども入らなくなっていたので、あるときもう一度、携帯に電話してみたら、

「この電話は現在、つかわれておりません」

というテープがまわっていた。

私は不安な気持ちのまま、このあいだ行ったビルに付け下げを取りに行った。

店はそのままあったので、入り口でほっと息をついた。

「担当の山口さん、お願いします」

と入り口にいた眼鏡の女性に言うと、

「ああ、山口はやめました」

と言われた。

私はバッグの中からこのあいだの受けとりを取り出した。

「はい。できあがっておりますよ」

その「池田《いけだ》」と名乗った女性は、着物や帯を取り出して私に確認させた。

やはりこの山吹色は美しいな、と私はあらためて思った。

帰り際、私が振り向くと、池田は、

「なにか？」

ときいた。

「あの、西さんは？」

「西、ですか？　西もやめました」

彼女はにこりともせずに言った。

「いつですか？」

「一月《ひと》くらい前です」

どうして？

言葉が喉まで出ていたが、それは言うことができなかった。

「西とはいったいどういうお知り合いだったのですか？」と彼女にたずねられたとしたら、まともな返事ができない、と思ったからだ。

私と「西」はいったいどういう関係だったのだろう、と帰りの道すがらずっと考えていた。

もしかしたら次の仕事が落ち着いたら彼から連絡があるだろうか、と期待を持とうと思うようにしたが、不安は広がるばかりだった。

「あらいい色ね」

着付けの先生は私の新しい着物を見て言った。

「ええ。気に入っているんです」

「そう。わざわざ練習用に買ったの？」

先生は着物を触《さわ》りながら言った。

「これで練習して、妹の結婚式にも着ようと思っているんですけど」

私の言葉に先生は、言いにくそうに首を振った。

「でも妹さんの結婚式にはよしたほうがいいわ。御身内の結婚ですもの」

式服には向かない柄《がら》ということだろうか。

買うときにはそんなこと言われなかったけれど。

「どういうことですか？」

という不安な私の問いかけに、

「失礼ですけど、これお安かったでしょ？　練習用にはいいけれど、もう少し張り込んだほうがいいわよ」

「いくらに見えますか？」

恥ずかしいことだけれど、私はきいてみた。

着物だけで五十万円くらいのものだが、やはり着付けを職業にしている人の世界ではその程度が「安い」ということになるのだろうか。

「五万円くらいでしょ。ポリエステルですもの」

先生の言葉が遠くに聞こえるような気がした。

いったいどういうことなのだろうか。

6

「ええ。ポリエステル、とご説明させていただいたと思いますよ」

相手はこのような抗議の電話は慣れている、という感じだった。

「私は聞いていません」

「山口はご説明させていただいたと思いますよ。やめてしまってもう連絡がつきませんけれど。社員からは必ずご説明させていただいています」

「ポリエステルをそんな高い値段で販売するんですか？」

「色やデザインが斬新ですし、お値段はお買いになる人の価値観なので、皆様、喜んでお買い上げになっていますよ」

そして私のサイズに合わせて裁断しているから返品はきかないという話だった。

しょうがないので、私はそれで着付けの練習をし続けた。

しょっちゅう触って練習しているうちに、不思議なもので私はそのポリエステルの着物に愛着が出て来たのだ。

これで妹の結婚式に出るのもいいかもしれない、と思うようになった。

いくら値段が安くてもいいではないか、着ている本人が気に入っているのならば、と。

信じられないことに家族は今、まとまりつつある。

母も明るくなっている。

あの無駄なたくさんの買い物を経て、母は何か憑《つ》きものが落ちたように幸福なのだ。

あの積まれたたくさんの段ボール箱は、母の恨《うら》みや寂しさを隠す密閉容器だったのかもしれない。

そして今、私は「西」に詐欺《さぎ》にあわされたとは考えていない。

私は、私と母のつまらない日常から脱却するための無駄なパスポートを買ったのだ。

それは絶望的に無駄な物だったけれど、大切にして必要なものだったのかもしれない。

密閉容器が今、おだやかに蓋を開けつつある。中に入っていたものがどうやって昇華するのか、まだ自分でもよくわからないけれど。

私は姿見の中の山吹色の着物の自分を自惚《うぬぼ》れではなく、美しいと思っている。

むらさき

1　カオル

勉強は嫌いではなかったが、好きなほうでもなかった。

それでも雨宮《あまみや》カオルは土曜日の午後、駅前のカルチャーセンターの席にすわる。

まわりの人々を見渡すと中年の婦人が多い。

それも何人かのグループで、中途半端な花柄の服やべっ甲の取ってのついたレースのバッグ、何という種類と表現していいのかすらよくわからない不思議な帽子の人もいる。

彼女たちは授業のあいだにある五分くらいの休憩時間に必ず飴《あめ》やチョコなどの甘い物を摂《と》る。

「お嬢さんもいかが？」

などとにっこり親切に言われるたびに、結構です、と言いたかったカオルだが、今ではありがたくいただくコツというのも覚えた。

何しろこの講座は長いので（半年のコースと一年のコースがある）、できるだけ周りの人とうちとけたほうがいい、と最近、カオルも思い始めていたのである。

この調子なら、オバサンたちが大好きな授業のあとのお茶にも誘われそうだわ、とカオルは思う。

ここにくるオバサンたちは決して下品ではなく、大変に向学心のある教養高い人たちである。

何しろある程度の年齢になってからあの長い長い『源氏物語《げんじ》』を学ぼうというのだから、やる気のある人たちなのである。

そのオバサンの中に少しちがう感じの人を最近、カオルは見つけた。

彼女は花柄やレースなどは着ず、黒や紺や茶のシックなスーツを着て、地味なブランド物のバッグを持ち、ハイヒールを履《は》いている。

年齢はカオルに飴をくれるオバサンたちと変わらないのだろうが、大変にあか抜けている。

授業のあいだは縁《ふち》なしのメガネをかけ、前を向いてきっちりとノートを取っている。

もうずいぶん前のことになるのだろうが、彼女は学生時代にもよく勉強をしただろう、と推察された。

もちろん飴やチョコなどは食べないし、オバサンたちの大好きな講座のあとのお茶会にも寄っていないようだ。

決して派手ではないが、そこはかとない美しさが感じられる。

とはいえひとりでバリバリ仕事をこなしている、というふうには見えず、家庭的な落ち着きも感じられる。

つんつんしているわけではないが、気軽に自分のような人間が話しかけてはならないのではないか、とこちらに思わせるような威厳も彼女は有していた。

きっとどこか一流企業の秘書かなにかを務めたあと、その会社のエリートサラリーマンに見初《みそ》められ、一緒になったのだろう。

そして子育てが終わって今やっと、学生時代に興味があった中古の文学の勉強を再開したという感じではないか、とカオルは勝手に彼女のことを想像していた。

カオル自身は、中古文学などに興味はなかった。

『源氏物語』もマンガで読んだことがあるくらいで、主人公が光源氏《ひかるげんじ》という名前なのはわかっていたが（厳密にはそれは名前ではなく呼称だったのだが）、あとの登場人物のことはよく知らなかった。

それでも周りのOLたちのようにフラメンコでもなく、お花でも、英会話でもなく、『源氏物語』の講座を採《と》ったのには理由がある。

それは恋をしているからだ。

相手の男は既婚者で大学で『源氏物語』を教えている。

べつに自分が彼の仕事に無知でも、詳《くわ》しくても彼の愛情に変わりはないだろう、とカオルは思っているが、時々そっち方面の話題になったときに気の利《き》いた質問くらいしてみたい、と考えたのである。

カオルにとって不倫の恋は初めてだったが、テレビで観たり小説で読むようにどろどろとすることもなかった。

大学の教授というのは普通の会社員のように月曜から金曜までフルタイムで働いているというのではなく、カオルが有給休暇や半休をとった昼間にポコッと会えたりする。あるいは夏や春には長期の休みがあるので、時々、二、三日の旅行にでかけたりして、たいしてカオルが煮詰まることもなかったのである。

それでもまったく平気ということはなく、深夜に目が覚めたときに、自分はひとりでここで寝ているけれどあの男はひとりで寝ているわけではないのだ、と思うとものすごく損をしているような気持ちになった。

嫉妬《しっと》とか苦しいということではなく、「損」「得」の「損」な気持ちである。

男は四十歳になろうが五十歳になろうが、日常はたいして変わらないだろう。

私立大学は学生数が減っていて経営が大変だとカオルも噂には聞くけれど、普通の会社のように大胆なリストラがあるわけではなく、ゆっくりと時間がたっていくようなので、きっと男は何も変わらないのだ。

しかしカオルは確実に年をとっている。

会社にいると身に染《し》みてわかるのだが、去年と今年では圧倒的に居心地が悪くなっている。

男子社員は新入社員の女の子たちが大好きである。

不景気になってからは就職難のためか、入社してくる女の子たちの出来が毎年良くなっているようにカオルには感じられた。

会社は一部上場企業なので、学生時代の成績が良かったのは当然だろうが、顔も可愛くてスタイルも良く、そしてカオルたち先輩女子社員に気もつかえ、仕事覚えもなかなか良いし、酒も結構飲めてカラオケ上手で、如才《じょさい》がないというような子がたくさん入ってくるようになった。

カオルたちの先輩や同期にはそういう子が少なかった。

ピカ一という美人がいたり、できる女の子がひとりいたり、という以外、あとはそこそこ、というのが、最近では全員の底上げができている、という感じがするのだ。

だから腹が立つよりも、男子社員の浮かれようも当然だとカオルは思っている。

自分たちは文句が多くなっているのは当たり前である。

昔、マスコミでよく言われたように「背が高く、高学歴で高収入」というような三高よりも、「しぶとく長持ちする男」がいい、とカオルも含めた同僚たちは考えているように思う。

つまらない使い込みで捕まったり、ミスして干されたり、病気になったり、自殺したり、リストラされてしまう「やわな男」ではなく、とにかく「しぶとく長持ちする男」のほうがいいのだ。

しかしそういう「しぶとく長持ちする男」はどういうわけか考え方がコンサバティブで、男受けをねらっている女らしい若い子が好きなのである。

一度だけカオルも秘密で社内恋愛をしていたのだが、相手の男にあっさりと後輩に乗り換えられてからは、そこらへんで恋愛するのがうっとうしくなっていた。

そこに今の男と恋に落ちたのである。

打算もなく、ただ好きな気がしたので恋をしたはずが、二年の時間の経過によってカオルにも焦《あせ》る気持ちが起きて来た。

相手の男は時間に余裕があったし、まめだったし、優しかったので今まで煮詰めずに済んでいたことが最近になってようやく気になるようになったのである。

こっちが怒るそぶりを見せたら、彼はものの見事にご機嫌をとるコツを知っている。

そこに乗せられてカオルはいつも思い直した。

どうせ彼と別れても他に相手があるわけではなし、寂しい生活に戻るのだから、と思えば、カオルも強くは出られなかった。

次に好きな人ができるまで付き合っていればいいではないか、と思ってしまうのだ。

とはいえ彼は何の損もしない。

こうやっているうちに自分はどんどん若さを消費しているというのに。

死は平等に訪れる。

時間も平等に過ぎていく。

しかしそれは理屈の上だけだ。

既婚者の男の時間はゆっくりと過ぎていく。

なのに独身の女の時間はものすごいスピードで過ぎていくのだ。

三十を過ぎた男には「まだまだこれから」と言う世間は同じ口で、三十を過ぎた女には「もうそんな年齢になってどうするの？」と言うのである。

妹がだんだん結婚する気配になって来たのを実家の母からの電話で聞いたあとは、雪だるま式に不安が増大していった。

自分が持っている財産は会社の財形貯蓄の二百万だけである、自分には特別な才能がない、自分は今の会社を辞めたあとは働きたくない、などと深夜、カオルはベッドの中で悶々《もんもん》と考えていたら、自分の不安はすべてあの男のせいだと思うようになって来た。

しかし単純に、

「奥さんと離婚して私と結婚して」

などとくだらないせりふを言うべきではないことぐらいカオルにはわかっていた。

とはいえどうしていいものやら、それもわからない。

考えあぐねた結果、自分が話すに足る女になることも必要だという平凡な結果にたどり着き、料理学校に行くよりは、と思い、とりあえずカオルはカルチャーセンターの『源氏物語』の講座を受けることにしてみたのである。

勉強してみれば『源氏物語』は面白いものだった。

千年も前にできた話にしては、筋もたくみだし心理描写もしっかりしている。

何よりカオルが『源氏物語』を読んで興味深かったのは、色事にまつわる男女の考え方の違いや嫉妬の感情が今とまったく同じところである。

女はいつも男の来るのを待っているのだ。

そして男はいつも言いわけをしている。

勝ち気な女もいればおっとりしている女もいるが、みんなひたすら男の来るのを待ち続けている。

女性講師の丁寧な授業を受けているうちに、カオルは初めのうちはいいかげんな気持ちで読んでいた『源氏物語』にだんだん本格的な興味がわいて来るのを感じていた。

会うたびにカオルが『源氏物語』について質問したり感想を述べたりするので、男とも会話が弾んだ。

愛や恋について彼の考えを素直に聞き出すのは難しいことだったが、

「明石《あかし》の君の妊娠を聞いたときの紫の上は平気だったのかしら?」

など問いかければ、

「平気じゃないさ。そりゃいろいろあったよ」

といろいろな女たちの思いについて話してくれた。

そんな会話によってふたりの関係が急に変わる、ということはなかったが、共通の話題が持てることによって、世界が広がるような気がカオルにはしてきた。

カルチャーセンターに通っていることは恥ずかしいので男には内緒にしていたが、全巻読破できたら、告白しようと、カオルは懸命に勉強した。

それに勉強することがあるとどういうわけか不思議と深夜につまらないことで悶々と悩むこともなくなったのだ。

土曜日が来るのがだんだん楽しみになり、周りの花柄のオバサンたちともうちとけてお茶を飲むようにもなった。

あの素敵な女性が鈴木宏美《すずきひろみ》という名前であることもいつのまにか知ることになった。

直接話す機会はまだなかったけれど、カオルは彼女にいつも注目していた。

そして最近、あることに気がついた。

黒や紺や茶色のシックだった彼女の服装がだんだん変わって来たことに。

彼女はラベンダー色というのだろうか、薄い紫を着ることが多くなった。

それもスーツなどではなくなって、ワンピースやひらひらとしたフレアスカートが増えて来たのだ。

心境の変化があったのか、単にイメージチェンジをしたかったのかはわからないが、にこにこと会釈《えしゃく》することもあった。

カオルはそれを不思議な気持ちで眺めていた。

2
宏美《ひろみ》

一度も外で働いたことがない、ということが自分を追い詰め始めていることに宏美は気がついた。

大学を出てすぐに結婚して以来、宏美はずっと家にいた。

すぐにこどもができるはずだったが、そうそううまくはいかず、夫とふたりの生活はそろそろ十五年を迎える。

どうしてもこどもが欲しかったときもあったが、今はもうあきらめるしか仕方がないので気を紛《まぎ》らわそうと、カルチャーセンターに通うことにした。

宏美は理科系の勉強が得意で、大学では化学を学んだ。

三年のとき、大学講師だった夫と恋愛をし、卒業を待って結婚した。

とはいえ宏美は夫の教え子ではない。たまたま一般教養の授業で二年間だけ教えに来ていた現在の夫と大学のテニスコートで出会ったのである。

若くて結婚することは自慢だった。時代は売り手市場だったとはいえ、あくせく就職先を見つけようとしている同級生に対して優越感があった。

自分の悩みは今、ウェディングドレスのデザインだけだ、と思うと女としての喜びが腹の底からふつふつとわいてきた。

今、考えればそれは「女の喜び」ではなく、「こどもの喜び」に過ぎなかったのではないか、と宏美は思い始めている。

早く結婚しても早くこどもを作っていれば、手が離れるときも早くてそれなりのメリットがあるだろうが、今となってはゆっくりとこどもを作った友人にも遅れを取った焦りがあった。

夫婦仲が悪いわけではなかったが、今さら話し合うこともなかった。テニスも若いときは一緒にやっていたが、最近はご無沙汰《ぶさた》である。

時々、旅行にでかけたりするが、旅行先でも夫は宏美の顔を見ようとはせずに本ばかり読んでいた。

しょうがないので夫が専門にやっている中古文学でもかじってみようと、このカルチャーセンターに来たのである。つてをたどればもっと有名な講師がやっている大学の公開講座に行けたのだが、「今さら妻がそんなことを学ぶなんて恥ずかしい」と夫は紹介してくれなかった。

それでも宏美は夫婦関係をもっとより良いものにしたかったのだ。

それは愛情という部分も大きいが、突き詰めてみれば自分の生活場所がここにしかない、と宏美自身が思い当たったことが大きい。

新聞の求人募集欄を見ても、もう自分の年齢では難しくなっていたし、結局一度もまともに働いたことがないので、働くことに恐怖感があった。

家事は人並み以上にできる自信があるけれど、テレビや雑誌で紹介されている料理自慢の主婦や収納名人と比べれば誇れるわけでもない。

家にしがみついていても仕方がないと表に出ようとしても何をしていいのかわからない。

三十代に突入してから、不妊治療にもずっと通っていたが、うまくいかず、やがて決定的なことが起こった。

悪性ではなかったものの子宮内に筋腫が見つかり、場所が悪かったので、摘出を勧《すす》められたのだ。

もちろん宏美は激しく抵抗し、点鼻薬やらホルモン注射やらを試みたが、筋腫は小さくならなかった。

そのころ、夫婦にとって新しい結びつきを与えてくれるだろうと宏美が期待した『源氏物語』の講座が始まったのだ。

学生時代から文系の学問は苦手だったが、女性講師の優しく丁寧な授業が楽しく、長い物語を読み進んでいるうち、夫が研究している物語も案外、面白いものだな、と思うようになって来た。

結婚以前から、何が面白くてあんな古い物語を研究しているのだろう、と夫の仕事を不可解に思っていた宏美だったが、今は夫の気持ちが少しは理解できるようになった。

そうなってくると夫婦で少し会話も増え、最初は反対していたカルチャーセンター通いを夫は喜んでいるように見えた。

産婦人科通いもまだ続いていた。

開腹摘出手術ではなく、膣のほうからスコープとレーザーを用いて、削《けず》り取る方法を取っている病院が見つかり、宏美も少し光明《こうみよう》を見いだしていた。

そうなってくると明るめの色の物を着たくなって、前から好きだったラベンダーの服を着るようになった。

服を明るくすると自然と化粧も華《はな》やかな感じにしたくなる。

バッグもミュールも何もかも明るい色をまとって宏美は久しぶりに晴れ晴れとした気持ちになった。

自分は何事も深刻に考え過ぎるのかもしれない。

こどもを持つのもそのこどもとの縁だし、運だ。

縁と運は天に任《まか》せて、自由にしていよう、と思えば、気楽な暮らしだ、と思えて来た。

マンションは賃貸だったが割合に豪華なものだったたし、夫は不規則な帰宅時間だったが博打《ばくち》をして借金を作るわけではなし、と思えば自分の暮らしは悪いものではなかった。

そう思うとカルチャーセンターに来ている呑気《のんき》そうなオバサンたちの世間話が耳に入ってもうっとうしいとは感じられなくなった。

初めのうちは、どうでもいいようなテレビ番組の話や息子の婚約者の話題などを延々話して飽きる様子がない彼女たちのことをうんざりした気持ちで眺めていたのであるが。

カルチャーセンターの教室には四十人近くの人間がいた。

最初は夫が『源氏物語』をやっているので、夫の仕事の迷惑になってはならないと思い、できるだけ目立たないようにしていた宏美だったが、どうもそんな深いところまで話ができる人間はここにはいそうにないと気がついたあとは、屈託《くったく》なく誰とでも話せるようになった。

といっても帰りのお茶に誘われても参加する勇気はなかったが。

オバサンたちの中にたったひとり若い娘がいることに宏美は気づいていた。若い娘といってももうすぐ三十に手が届きそうな感じではあるが。気が強いらしく、下唇を前歯できゅっと嚙み締めているような表情で黒板を見つめている。

普通にお勤めしている様子なのに、こんな長ったらしい『源氏物語』を半年以上も勉強しようなんて、よっぽど向学心が旺盛《おうせい》なのだろう。

自分のように夫との話題さがしのための勉強などといういいかげんな動機を聞いたら、「信じられない」と彼女に言われそうだ、と宏美は思った。

話しかけるわけでもなく、親しくするわけでもなかったが、なんとなく彼女のことは観察していた。

すると彼女もこちらのほうをよく見ているらしく、しょっちゅう目が合った。つんつんしているわけにもいかないので、会釈するようになった。

それでも挨拶以上には進展しない関係であった。

そのうち彼女の様子が少し変わって来たように宏美には思われた。

これはひとりよがりの「カン」というものなのだが、彼女は妊娠しているのではないか、と宏美は思った。

少し熱っぽそうなけだるい感じではあるが、とりたてて病気という様子でもない。それでいて顔はほんのりと赤みがさして柔らかく、おだやかな感じになって来た。もう以前のような何かに挑《いど》んでいるように下唇を嚙んで授業を受けている様子ではなく、幸福そうで充実感すら感じられた。

彼女のことを勝手にOLのように思っていたが、案外、自分と同じ主婦の暇《ひま》つぶしにここに通っているのかもしれない。

宏美はいきなりたいして面識のない人に体のことをきくのも失礼だから、と自重《じちょう》しながらその実、興味がわいて仕方がなかった。

不妊治療を続けていると、他人の妊娠が単純に「他人事」とは思われないのである。

病院の待合室で見知った顔の誰と誰が妊娠に成功して、誰と誰が駄目だったかを気にするな、と治療を一緒に受けているものに言っても、それは無理な話である。

資金もかかるし、時間もかかる。

それでいてゴールが見えないのである。

この果てしない「すごろく」をやめる日は、無事に「出産した日」か、「こどもをあきらめた日」しかないのだから。

宏美はといえば、もうあきらめつつも、資金をかなり注ぎ込んでしまったので降りるに降りられない投資のような気持ちでいる。

最初は抵抗があった内診台に上るのも今は平気だし、どんな器具を突っ込まれているのかもカーテンごしでももうわかる。

夫が、

「いいかげんにもうやめよう」

と言わないのは、それをやめてしまえばもうふたりを夫婦としてつなぐものがなくなってしまうのをよく知っているからだ。

『源氏物語』にも男をつなぎとめるにはやはりこどももしかないのか、と思わせるくだりがある。

いつの時代にも相手の気持ちを手に入れることができずに悶々とする男女はいるものだが、ただひたすら男が通ってくるのを待つだけの関係ならばやはりひとたび妊娠するところれまでとはちがう展開があるのではないか、と女が思うのも仕方ないだろう、と宏美は思った。

もし大昔の男女関係のように、自分と夫が入籍していなかったとしたら、通ってくる必要もないくらい自分たちの関係はどうでもいいものである。

たまたま家がふたりとも同じで、着替えも生活用品もここに置いてあるから、ふたりはここにいるのだ。

自分がこどもを欲しい理由も現実には夫をつなぎとめる手段ではなく、暇だから、かもしれない、と宏美は思っていた。

何かに打ち込めるといいが何をして良いか、わからない。

そんな宏美にとって不妊治療はトライアスロンのように精魂傾けられる鉄人レースである。

とはいえ、そのレースはだんだん終盤に差しかかって来た。

子宮内視鏡で見たところ、膣からは削り取れないほどの大きな腫瘍《しゅよう》がもう一個、発見されたのである。

「卵巣さえあれば、今の医学ですから代理母ということもありますよ」

「日進月歩の世界だから子宮なんてなくてもこどもを授《さず》かることができるようになるんですって」

いろんな人からいろんなアドバイスがあったけれど、そんなことはどうでもよかった。

入院の日が近づいて来ていた。

生理になったとき、重くて痛くて苦しくてうっとうしいものだと呪《のろ》い続けていたのに、それが最後だと思うと宏美は愛《いと》しさでトイレの中で泣いた。

夜遅くに帰って来た夫が、

「どうしたの、目が腫《は》れてるよ」

と珍しく気にしてくれたが、

「なんか痒《かゆ》いの。お天気がいいから布団《ふとん》を干してたたいていたらアレルギーみたいになっちゃって」

と宏美はこたえた。

いろんなことが正直には打ち明けられない関係だった。

夫は自分に生理があってもなくても、これからもまったく気づかないかもしれない。

恋人同士のときはわりにまめでいろいろ世話を焼いてくれる人だったのだが。

「入院まであんまり無理しちゃ駄目だよ。布団干しなんて重いことしてると、疲れちゃうよ」

夫は優しくそう言ってくれたが、目はナイターを見ている。

もしかしたら自分は妊娠できなくて良かったのかもしれない、と宏美は思った。

無理につなぎとめることは結局、「無理」なことなのだ、と。

どういうわけか週に一度、カルチャーセンターで会う、若い女の顔がちらついた。

あの子はきっとみんなに祝福されて可愛い子を産むのだろう。

そう思うと宏美は悔《くや》しいというより、不思議な気持ちになった。

それは以前テレビで見た、宝くじの高額当選者の話を聞いているときの気持ちとそっくりだ、と宏美は思った。

3
カオル

生理が遅れていたので病院に行ったら、案の定《じょう》、妊娠していた。

不倫カップルのみんながみんな、まめに避妊しているわけではない。

どうしてそんな無防備なこと、とあとで誰かに言われればごもっともな意見だ、とこちらも思うのだろうが、そのときは「なんとなく大丈夫だ」というようなあいまいな確信があったのである。

もうすぐ生理が始まりそうな時期だったし、そういうときは安全だ、と聞いたことがあったから。

それに男のほうも今までそういった経験がないらしく、たいして躊躇《ちゅうちょ》もなかった。

そして次の生理は来なかったのである。

たしかにカオルはもう勤めるのがいやだったし、男を自分のものにしたいと思い始めていた。

しかしこういうかたちではいやだった。

こんなときにプライドなどという言葉を持ち出すのもどうかと思われたが、これはプライドの問題である。

「妊娠したのよ。だから私と結婚して」

なんてどう考えても言えるはずはなかった。

といってもこどもをおろすなんてこともいやである。

作らないのかできないのか詳しいことは知らなかったが、男にはこどもがないのできっとこのことがばれたら男の妻は激怒することだろう、とカオルは思った。

それによって展開が変わるかも、と期待する気持ちがない、といえば嘘になる。

しかしそんなことで無理やり一緒になったカップルが幸福になれるとも思えなかった。

どちらにせよ、男に話さないわけにはいかない。

相手に結論を任せられるほど男を信用しているわけでもない、とカオルは自分の思いに初めて気がついた。

しかし信用していなくても、いや信用していないからこそ、独占したい気持ちが募《つの》ってくる。

自分ももう二十八になる。

こどもを産んだり、結婚したりするのにはいい年齢だ。

このまま会社に勤めていても何か道が開けてくるわけでもない。

大きな会社ほど保守的なのは事実で、未婚の母なんて人は五千人近い従業員の中、ひとりもいないだろう、とカオルは思った。

そして大きな会社はスキャンダルが大嫌いである。

どのみち自分はいられなくなる。

そういうとき先輩女子社員たちは「海外に語学留学する」などという適当な理由で会社をやめていっていた。

しかしやめたとしてもどうやって生活して行くのだろう。

考えれば考えるほどカオルはわからなくなってきた。

不倫の男に時間を合わせているうちにいつのまにか相談できるような女友だちも失ってしまっていた。

こんなことを妹の結婚が決まりそうで喜んでいる親に話せるわけもない。

カオルは考え込んでいた。考え込んでいるうちに時間ばかりが経《た》った。

それでもカルチャーセンターにはできるだけ休まずに通い続けた。

半年分の授業料を払い込んでいたのを無駄にしたくなかったのである。

いつも親切に世話を焼いてくれるここに通ってくるオバサンたちに相談すれば親身になってくれるのかもしれないが、あっと言う間に噂が広がりそうだから恐ろしくてそれもできない。

授業は『須磨《すま》』が終わり、『明石』になり、どんどん進んで行った。

「『須磨帰り』『明石帰り』といって、せっかく『源氏物語』を読み始めた人でもここらあたりでやめてしまう、ということがよく昔から言われて来ましたけれど、みなさんはついに『明石』を突破しましたね。最後の『夢の浮橋《うきはし》』まで誰ひとり落伍《らくご》することのないよう、がんばりましょうね」

女講師は言った。

光源氏は誘拐して自分の家につれてきた愛しい愛しい女の子だった紫の上を京に置いたまま、浮気を繰り返している。

そして必ず、

「あなただけが本気なのにいろいろ忙しくて会えませんでご無沙汰しました」

と、どの女にも言うのだ。

きっとあの男も妻にはそう言っていることだろう。

自分にも、

「カオルだけが大切なんだよ」

と会うたびに言っている。

最初のうちはそれを信じていたけれど、いつのまにか、「よくそんな大切な人間をひとりで放っておいて自分はのほほんと妻といつまでも暮らせるものだわ」と思うようになった。

もし自分が男で、本当にその相手を好きならば中途半端に放っておくことなど一秒たりともできないだろう、と。

驚いたことに開口一番、男は、

「是非《ぜひ》、産んでくれ」

と言った。

びっくりした様子だったが、間違いなく嬉しそうな表情だった。

いいの？　これから私たちの関係はどうなるの？　あなたは家のほうをどうするつもり？　などと声に出して確認したかったカオルだったが、そんなことを口にすればなんだか自分が惨《みじ》めになるような気がして、大きく一度うなずいただけだった。

男はそんなカオルの気持ちを見抜いていたのか、「いつになるかわからないがきちんといつか一緒になりたい。責任を取る、とかそういう意味ではなくて自分はこどもが欲しかったし、きみと暮らしていきたいと思っているのだ」といった意味のことをとつとつと語った。

カオルはそれを聞いてもうこれからのことを何も心配しないつもりだった。

会社にはぎりぎりまで勤めて、誰が見ても明らかにお腹にこどもがいるとわかる前に適当な理由をつけてやめようと思っていた。

計算でいくとあと三ヵ月は勤められる。

本当はまだ安定期に入っていないので、うろうろしてはならないらしかったが、それでもカオルはカルチャーセンターにも体調を気にしながらも通っていた。

授業では、光源氏の旅先の恋人だった明石の君が妊娠していた。

光源氏はこどもと彼女を自分のそばに呼び寄せようと画策《かくさく》していたが、本妻扱いであるこどものいない紫の上にさてなんと打ち明けて良いものやら悩んでいるところである。

ちょうど今の私たちみたいだわ、ただ光源氏は紫の上との関係も変えず、明石の君とこどもともうまくやっていこうというところが、彼とは違ってずるいところだけど、とカオルは思った。

とはいえ彼は、『源氏物語』の専門家なのでどれもうまく処理するだろう、だってお手本を読み込んでいるのだもの。

授業中、そんなことを思いながらカオルは、あたりを見渡した。

そういえばラベンダーの人がしばらく来ていないことにカオルは突然、気づいた。

多分、一ヵ月程、見かけていないはずだ。

カオルがそう思ったとき、後ろのドアが開き、別人のように痩《や》せた「彼女」が現れた。

服もどういうわけかラベンダーではなく、暗い紫のワンピースになっていた。

4

宏美

痩せたのは入院したからだけではない。

病気についてだけ言うならば、ホルモン剤の影響で少し太ったくらいだ。

「こんなときに言うのは卑怯《ひきょう》だと思うけど、きみに同情するのはもっと卑怯だと思って」

退院して一週間、やっと復調したころに夫が別れてくれ、と言ったのである。

宏美は少しほっとした。そしてその二倍くらい悲しかった。

もうこれ以上、続けられないのはわかっていたけど、いざ本当にやめなければならないのだ、と思うとなにもかもが愛しいような気持ちになったのだ。

「子宮がなくなったから捨てられた、なんて私は思っていないわ」

宏美は言った。

無事にこどもができていても自分たちはどのみち終わりだっただろう、とわかっていたからだ。

その時点では離婚に同意するつもりだった宏美が、絶対に別れるものか、と思ったのは夫に浮気相手がいることを打ち明けられたからである。

いや厳密にはちがう。

夫の浮気相手が妊娠していることを知らされたからである。

「どうしてそんなひどいことが言えるの？」

自分でもびっくりするほどの冷静な声で宏美は夫にたずねた。

夫は黙っていた。

「そういうことなら私、別れられないわ」

宏美は言った。

いつまでも居すわってやる。

夫がそれでも彼女のところへ行くというなら、彼女も含めてふたりとも訴えてやる。

思い知るべきだ、自分がどんな気持ちで不妊治療に通っていたかを。

少しでも夫婦の話題を増やそうとカルチャーセンターにまで通っていた自分の気持ちを。

その日から宏美は用事のあるときだけ夫にメモを渡し、ご飯は作るができるだけ顔を合わせないようにしていた。

それでいて自分はいろいろ自由に外出するようになった。

弁護士のところへ相談にも行った。

カルチャーセンターはしばらく休んでいたが、払い込んでおいた半年分の授業料がもったいないのでまた続けることにした。

宏美は自分がどうして無意識に紫ばかりを、それも薄い紫からだんだん濃い色を好むようになって来たかについて、授業中に思い当たった。

『源氏物語』で一番愛されるキャラクターはなんといっても紫の上である。

彼女は自分が愛する光源氏のこどもを産むことができなかったのに、彼を愛し続けたのである。

そのいじらしさに感動して皆はその物語を『紫の物語』と呼び、そして作者を『紫式部』と呼ぶようになったのだ。

こどもを持つことをあきらめた印、といっては大袈裟《おおげさ》だが、自分はその気持ちを意識しないままずっと『源氏物語』の専門家である夫にアピールして来たのではないか、と宏美は思い当たったのだ。

授業が終わり、オバサンたちがどやどやと喫茶店に向かったあと、あの若い女の子がけだるそうに階段を降りてくるのが宏美には見えた。

妊娠している女全部が憎いわけではない、特に彼女は魅力的だし、と宏美は彼女の姿をほほえましく見上げた。

そのとき、彼女がうずくまって呻《うめ》く姿が宏美の目に入った。

宏美は自分が病《や》み上がりなのも忘れて階段を駆け上がり、彼女の背をさすりながら言った。

「大丈夫？　病院に行きましょうか？」

彼女は苦しそうにうなずいた。

宏美は彼女を抱えてタクシーに乗った。

ハンカチで脂汗《あぶらあせ》を拭《ぬぐ》ってやりながら、たずねた。

「ご家族、呼びましょうか？」

彼女は、

「ええ。本当に……すみません。カオルが病院に運ばれた、って言ってくだされはわかりますから」

苦しそうに言いながら、自分の携帯電話を取り出して発信したと思ったとたん、彼女は失神した。

「もしもし？　もしもし？　カオルさんが……」

タクシーの中で渡された携帯電話を握り締めながら宏美は、

「すっ、すぐに向かいます」

とあわてている様子の相手の男の顔を想像しながら、ぼんやりとどこかで聞いたことがある声だな、と考えていた。

代用品

朱美《あけみ》が結婚式場のパンフレットをもらってまわるのは二度目のことである。

一度目は二年前に付き合っていた岳彦《たけひこ》のときだった。

あの人は短気で優しくないことがぎりぎりでわかったので、両親にも挨拶《あいさつ》に行っていたのだが、寸前でやめて本当に良かった、と今では思っている。

見合いで知り合った貴志《たかし》は、見合いにまだこんな人が来ることがあったの？　と思うようないい「物件」だった。

見合いも三回目でもうやめよう、と思っていた矢先に出会ったのだ。

短気ではないし、優しいし、こっちの意見もよく聞いてくれる。

結婚式場も、式のやり方も、朱美ちゃんのやりたい方法で何でもいいですよ、と言ってくれた。

だからパンフレット集めにも力が入る、というものだ。

本当にあのまま岳彦と結婚しなくて良かった、と朱美は思いながら、貴志と一緒に暦《こよみ》表を眺めていた。

1

好んで代用品を買っているわけではなかった。

まあ、これでもいいか、と最初は思うのだ。しかしいつもそれらは必要でなくなる。最近のことでいうとピンクのカーディガンだ。

オレンジのカーディガンがショーウィンドウに飾られているのをバスの中から見つけ、それは真っ白のマネキンが着ていた物で、ポーンと目に飛び込んで来たのだ。見た瞬間に、これは自分の欲しかった物だ、とすぐにわかった。

朱美は軽い声を上げた。

朱美は九号サイズなので、特に直すこともなく、たいがいの既製服はぴったりと合う。次のバス停で降りて買いに行けば良かったのだが、そのときはあいにく持ち合わせがなかった。

バッグの中に手を突っ込んでクレジットカードを探したが、カードケースがなかった。戻ってからまた買いに来よう、と思い直したが、いったん家の中に入ってしまうと細々《こまごま》とした用事を思いつき、結局、買いには出られなかったのだ。

そうこうしているうちに一週間ほど過ぎてしまい、ようやくその店に行ったらオレンジのカーディガンはもうなかった。

「色違いがございますよ」

赤い髪に少し白髪《しらが》の目立つ店員はにこにこと朱美に言った。

色違いのカーディガンはピンクで、オレンジとはまったく違うように朱美には思えたが、

「いったん着てしまえば、オレンジとはたいして変わらないですし、ピンクは春先まで着られる使いやすい色ですよ。それにピンクのほうがお客様みたいにやわらかい印象の方にはお似合いになります」

と店員のすすめる口調を聞いているうちに、朱美はそうだ、と思うようになった。

そして試着室に行き、鏡の前に立つと、なるほど若々しく見える。

朱美は鏡の前でくるっと回ったり、店員にほめられたりしているうちにこのピンクこそが欲しい物だと思うようになった。

なのに買ったあと家に戻ってもう一度着てみると、なんだかいやな気持ちになってきた。

中に合わせるブラウスもないし、なんだか部屋の三面鏡の中の自分はこどもっぽく見える。

何より自分はあのオレンジの色の虜《とりこ》になりこそすれ、べつにこのカーディガンの形を好

きになったわけではないのだ、と当たり前のことに朱美は、思い至った。

そしてそのカーディガンはそうやって買ってしまった多くの物とともにクローゼットの奥深くにしまい込まれた。


朱美は自分のことを不幸な人間だと思っている。

数え上げてみるときりがない。

一から十までだ。

足元には白い猫のミーシャがやってきた。

猫は可愛いと思う。

だがこの猫だって、テレビで見たアメリカンショートヘアの美しい縞模様《しまもよう》に一目ぼれして買いに行ったら、どこのペットショップにも見当たらず、あきらめた。

そうしているうちに親戚の家で猫が生まれた、というのでもらって来た白猫である。

飼《か》っているうち可愛くなったので、これでよかった、とは思うけれど、何かの機会にアメリカンショートヘアを目にするとてつもなく悔しい気持ちになる。

それは「残念」というのとは違って、勝負に「戦わずして負けた」といった感じである。

運がない、自分は不幸だ、いろいろな考え方があるだろうけれど、朱美はそれらをひっくるめて「戦わずして負けた」と思うのである。

簡単なことから複雑なことまで全部、そうである。

服や猫ならばまだ話は簡単だ。

前者はクローゼットにしまい込めばいいし、誰かにあげることもできるし、ちょっと惜《お》しいが捨てればいい。

後者のことはだんだん可愛いと思い始めているし、比べなければいいのだ、アメリカンショートヘアと。

ミーシャは頭がいい子だから、飼いやすいし、洗いたてのときは真っ白で美しい。

全身に縞があるよりずっといい、と思えるときもある。

これが家だったらどうしよう。

何度も何度も不動産屋に行ったのに、気に入る部屋がなかった。

間取りが良ければ日当たりが駄目だった。

両方良ければ駅から遠かった。

駅から近ければ、賃料が予算をオーバーした。

理想どおりのところが見つかった、と思ったら、

「今、契約されてしまいました」

と言われた。

しょうがないから少し不便な路線に変更して住んでみるとすぐに、どうしてこんな路線に引っ越ししてしまったのだろう、と朱美はきっちり後悔をした。

それでも次の契約更新の日までなんとか我慢し続けたが、一日たりともこの部屋に満足することがなかった、と思いながら引っ越し荷物をまとめた。

荷物の中には、これで我慢できると思った代用品がたくさん見つかった。

白がなくてブルーにしたサンダル、制服が可愛くて可愛くてどうしても入りたかったのに偏差値が追いつかずにその学校をあきらめてかわりに入って卒業まで一度も楽しいと心から思えなかった高校の同窓会名簿、いざ付けたら接着剤が合わなくて気持ち悪くなって取ってしまった透明の付け爪。

サンダルはひと夏、それでも履《は》いた。

生足には痛かった。

気に入らないのは色のせいではなくサイズの問題だったのかもしれないが、意地になって朱美は履き続けた。

足が痛かったので、デートの間中、気になっていた。

食事しているとき足を組んでテーブルの下でぶらぶらさせていたら、それが落下して相手の男の靴の上に落ちた。

「あっ」

と男が声を上げた。

男のことはその瞬間、嫌いになった。

いや。

ずーっと好きではなかったのかもしれない。

顔も忘れたが、そのときテーブルの下、のぞき込んだ男の靴は覚えている。

仕方がなく入った高校は女子校で、みんなよくこんな学校に来たわね、制服がださいのに、と自分のことは棚《たな》に上げて朱美は思った。

それでも友人はでき、思い出もそれなりにできたが、朱美は結局、どれにも満足することができなかった。

はっきりケンカをしたわけではないが、今でも付き合っているその当時の友人はいない。

付け爪は瞬間接着剤で簡単に付くし、ホラこんなきれいなんですよぉ、とアイドルがトーク番組で両手をぴらぴらさせながら言っているのを見て朱美は付けたくて付けたくてたまらなかった。

同じものがデパートで売られていたので迷わず買ってみたのだが、自分の爪のかたちに合わせてサイズを整えるのも難しかったし、右手に利《き》き手ではない左手を駆使してはっ付けるのは本当に難しかった。

　爪の上に垂らしたそのそばから瞬間接着剤はその名のとおり瞬間に固まっていくので、うまく爪を載せるのに苦労した。

　そして付けたそのときから奇妙な違和感を感じて朱美は取りたくて取りたくてたまらなかった。

　それでも三十分ほどは我慢したが、コーヒーカップを持ったとたんに、右の親指が外れ、左の小指が外れ、とばらばらになってしまい結局すぐに全部、取ってしまった。

　そんなものを抱えて、また二番目の候補だった所に越して行くのだ。

　たまらなく好きだった男の代わりに結婚することになった男と一緒に。

2

　Fホテルは披露宴を開くのに五百万かかる、ということがわかったとたん、朱美が急に不機嫌になったのを岳彦は感じていた。

「Fホテルで結婚するのが夢だったのよ」

　散々話し合ったあとに、なおも朱美がそう言うので、

「そんなつまらないことが夢だったのか」

と岳彦は思わず声に出して言いそうになった。

声に出さなかったのは、そう言葉にすると、

「そうよ。つまらない夢しか持てないからあなたと一緒になったのよ」

くらいのことは言われてしまいそうな気がしたので、我慢したのだ。

それでもこれから結婚しようとするカップルである。

初めから仲が悪かった、というわけではない。

にこにことこっちの話をうなずきながら聞いてくれるところが感じのいい人だ、と初対面のとき思ったし、声も可愛いので岳彦は朱美のことを気に入っていた。

どうしても好きで恋い焦《こ》がれる、という感じではなかったが、結婚相手にはいいな、と思った。

朱美が小柄なところも大柄な岳彦には女らしく感じられた。

あがりかまちに靴が並んだら、自分の靴の中に朱美の靴が入ってしまいそうで、男兄弟ばかりで育った岳彦にはたまらなく可愛く思えたのだ。

「しっとりと女らしい」というタイプではなかったが、朱美は「ちょっと甘えた可愛い女の子」というところがあって、岳彦はその言うこと為すことに魅《ひ》かれていた。

「でね、それがテニス部はすごい人数だったから、基礎練習を厳しくして何人もやめさせるというシステムを取っていたらしいのよ。だから私はバトミントン部にしたの。やって

みるとそれなりに楽しかったけどね、やっぱりテニスみたいなハードな練習じゃないぶん、物足りない気もしたわ」

「ピアノは大きいから家に入らないし、音が近所に迷惑だからって、結局、電子オルガンにしたの。いろんな音も出るし、ポピュラーソングをいっぱい弾《ひ》けるようになって良かったけれど、やっぱりピアノみたいに本格的にはいかないわよね」

朱美の話に「可愛いなぁ」といちいちうなずいていた岳彦が、あるとき「この女の話はすべて代用品の話ばかりだ」と気づいたのは、猫の話がきっかけだった。

ようやく朱美の一人暮らしの部屋にも呼んでもらえるようになって、岳彦がほっとしたころのことである。

こどものときから動物は亀と鳥と金魚以外、飼ったことのなかった岳彦は、最初はおそるおそる接していたが、顔を合わせるうちに足元にすりすりしてくることが多くなったミーシャのことをとても可愛く思うようになっていた。

朱美もとても大切にしていて、

「ペットの美容院って人間よりお金かかるのよ。でもせっかく真っ白な子なんだから、きれいにしてあげたくて」

と言っていた。

ふたりでごはんを食べているときも、足元にすりよってこられると岳彦は思わず抱き上げてしまう。

そうやっているうちになんだか家族のような気すらしてくるので、不思議である。

「本当におまえは可愛いなぁ」

岳彦がそう言ってミーシャの喉を撫でていると、食後のコーヒーをいれていた朱美が、

「本当にね。一緒にいるだけで毎日が違うわ。これで体に縞があったらもっと良かったのにねぇ」

と言ったのである。

だって体に縞があったらそれはミーシャじゃないじゃんか、ミーシャは真っ白い猫だからそこもいっそう可愛いんじゃんか、と岳彦は思わず言いそうになった。

しかしやめたのは、どうやら朱美には「自分が大変なことを言っている」という自覚がなさそうだったからである。

朱美と知り合ったのは、朱美の友人の香里《かおり》の紹介だった。

香里は岳彦の友人の春樹《はるき》の同級生で、岳彦もたまに一緒に飲むことがあったからだ。

「きっと岳彦くんは朱美のこと気に入ると思うよ。派手なところはないんだけれど、なんとなく可愛いのよ」

という香里の言葉になるほど偽《いつわ》りはなかった。

そして向こうもどういうわけか、岳彦を気に入ったようで、交際は一年半順調に続き、

そしてそのままどちらからともなく結婚しよう、という空気になったのである。激しく燃え上がる恋ではなかったが、岳彦にとっては「みんな結婚するというときはこんな感じの流れなんだろうな」と素直に思えるような出会いだった。不満もなく着実に育っているはずの愛情が、それでもなんとなく不安になることがあるのだ。

結婚が近づくとブルーな気持ちになる、という女の子がいるという話は岳彦も聞いたことがあった。

とはいえ自分はもういい年齢《とし》の男である。

これはきっとこのまま死ぬまで安定した結婚生活を営《いとな》めるのか、とか、不況が続く中、自分は今の会社でずっとやっていけるのか、とか、そういう不安から来ているものだろう、と思い直してその「不安」の原因を深く探るのはやめていた。

なのにいざ、具体的に結婚式場を決めたり、旅行先を決めたり、招待する人を決めたりするうちに、だんだん朱美という人間そのものが岳彦には信用できなくなって来たのだ。

たしかに女の子ならばこどものころから、「ここで結婚式を挙げたい」というようなあこがれの式場があっても自然だと思うし、何しろ一生一回のことなのだからいろいろやりたいこともあるだろう。

でも朱美はいつも岳彦にその理由を言うときに、「こっちのほうがいいからこっちにしたかったのに、できなかったからいや」というようなストレートなものいいではなく、「自分は他に本当に欲しいものがあったのにこれでがまんしてやっている」というような恩着せがましい言い方をするのだ。

それでも最初のうちは気にしないようにしていたが、あまりそんなことが続くので岳彦は「こんな感じが一生続いたらたまらない」と思うようになってきた。

べつに朱美は口汚くののしったり泣いたりするわけではないのだが、朱美と話しているとどこかに相手を責める気持ちがあるのがわかる。

朱美はどこまでいっても自分が被害者なのだ。

ということは朱美といる限り、岳彦はずーっと加害者のような気分で居続けなければならない。

こどもができればこどもたちと、

「パパはハワイに連れて行ってくれると言ったのに、グアムじゃない。べつにグアムでもいいけどねぇ」

などとため息をつかれては本当にたまらない。

いったん気になり始めると、なにもかもが恩着せがましい響きを持って岳彦を襲ってくる。

朱美が、何が欲しくて何を求めて生きていくのかは知らないし、何がゴールになるのかも自分にはわからないが、それが手に入ろうと入るまいと責任は朱美自身でとってもらいたい、と岳彦は思うようになったのだ。

いったん気になりだすとどこまでも恩着せがましくされているような気がする。

とはいえだんだん結婚の日取りも決まってきたので、ここでそんなことを言い出したらややこしくなるのもわかっている。

お互いの親にも会っているのはもちろん、あとは会社にも報告するだけというところにきていたからだ。

だから岳彦はそれとなく自分の思っていることを伝えて、少しだけでも朱美に直せるところは直してもらいたいと思ったのだ。

「それとなく」というのは「はっきりと」というより難しいことだが、と岳彦は深い息をついた。

3

岳彦が何を言っているのか、朱美にはまったくわからなかった。

カレンダーと高島易断の暦の本をテーブルの上に置き、朱美の部屋で額《ひたい》を突き合わせて唸《うな》りながら話し合うのは結婚が決まってからの恒例である。

大安でなくてもかまわないが、Fホテルが駄目ならば庭の美しいレストランでのガーデンウェディングにしたい。

そう言うと岳彦が、

「いつも晴れるとは限らないよ」

と意地悪そうに言ったのも朱美には気に入らなかった。

どうしてこの人は結婚が決まってから突然、意地が悪くなったのだろう。

ただ付き合っているだけのときは優しかったのに。

もしかして私と結婚したくないのだろうか、だから遠回しに意地の悪いことばかり言っているのだろうか。

たしかに予算もあるし、事情もある。

こっちもこどもではないし、お金も余っているわけではないのだから、何でも自分の思うとおりにならないのは朱美にもわかっていた。

しかしそうであるとしてももう少し協力的に言ってくれるわけにはいかないのだろうか。

「雨が降るかもしれない」と言われればそうだが、その場合にはちゃんと室内のテラスで代わりに立食パーティができるようになっている。

そう朱美が言うと、

「な、朱美は俺と結婚したいの？　それとも結婚式というものがしたいの？」

冷たい目をして岳彦が言った。

朱美は一瞬、絶句して、

「あなたと結婚がしたいに決まっているでしょ。どうしてそんな意地の悪いことばかり言うのよ」

と言い返した。

「意地の悪いことばかりってどういうことだ？」

「あなたは結婚が決まってからずーっと意地悪だわ。なんか結婚にトラウマがあるんじゃないの？　親の結婚生活がうまくいってなかったとか」

朱美は思わずそう言ってしまった。

岳彦の実家に挨拶に行ったときに、お父さんとお母さんはいい人ではあったが、夫婦仲が睦《むつ》まじい、というふうには見えなかったのだ。

こちらを介して、あるいは息子の岳彦を介して話はするけれど、ふたりが直接しゃべることが少ないようだったからだ。

すると岳彦は黙って鞄《かばん》を持って、

「もう俺、帰るよ」

と言う。

「なんで？　図星《ずぼし》だから？」

朱美の問いかけに岳彦はもう反応をしなかった。

「じゃ」

岳彦はそう言って猫が足元に寄ってくるのもかまわずに出て行った。

バタンと閉まった玄関ドアの前で、猫を抱き上げながら朱美は頭を振った。

あんな短気な人なんて、信じられない、と思いながら。


岳彦の前に付き合っていた人は岳彦のように何にでもよく気がつく人ではなかったが、短気ではなかった。

あの人のほうがずっとましだ。

とはいえ、そのときはなぜかあまり結婚したいとは思わなかったのだ。

だから自分は「結婚式が挙げたい」わけではなく、「岳彦と結婚がしたい」に決まっている。

なのにどうしてあんなふうに怒るのだろう。

親のことを持ち出したのはたしかに自分が悪かったかもしれない。

しかしもう夫婦になるのだから、家庭生活について岳彦が何かのトラウマを抱えているなら、それをふたりで治していく覚悟が私にはある。

だから私はあえてそう言ったというのに、本当になんて人の気持ちがわからない人間なんだろう。

　でももういいわ。

　前々からうまくいかないところがあるというのは私にもわかっていた。

　そこに目をつぶって一緒になったとしても、そんなものがうまくいくわけもない。

　本当の愛がわからない人と暮らして行くなんて、耐《た》えられない、と朱美は思い、それからは岳彦の電話にも出ないようにした。

　田舎《いなか》の両親には、

「結婚するのやめたから」

と電話を入れた。

「でもあの人はいい人だと思うよ。朱美。考え直せるなら考え直したら？」

　母はそう言ったが、朱美は聞かなかった。

「お母さんにはわからないのよ。心底は冷たい人なんだから」

　朱美は言い、なぜかまるで悪党を成敗したようなすっきりした気持ちがした。

　それから母の妹が見合いさせるのが好きな人だから、口を利いてもらって見合いすることにした。

最初に見合いした人は条件に申し分はなかったが、一回りも年上で咳《せき》払いが多い人で、それが気になって朱美はあまり話すことができなかった。

気管支が弱い人らしく、「猫や犬は絶対に飼えません」ということだったので、もうそれだけで朱美には駄目だった。

次の人は体格も立派で明るい感じの人で、アメリカンフットボールをずっとしていた人らしく、さっぱりとしていた。

それに何かあるたびに、「朱美さんは小さくて可愛いですね」、「朱美さんは本当に可愛いですね」などと「可愛い」を連発したので、朱美を有頂天《うちょうてん》にさせた。

その後、三回ほどデートはしたが、結局、朱美が断った。

それは相手が男友だちとの約束を優先させる人だったからである。

いわゆる「体育会系のノリ」というやつで、先輩に呼び出されたと言ってはデートがキャンセルされたり、「結婚することになったら先輩たちが開いてくれる宴会に行こうね」などと、やたら会話に「先輩」や「後輩」が出てくるので、こんな人と結婚したらお客が多くて耐えられない、と朱美はうんざりしたのである。

これから結婚することになるかもしれない女性より、男同士のつながりのほうが大事な人なんて、朱美には信じられなかった。

それにその男友だちのほうが、いつまでも自分より彼のことを詳しく知っている環境、と言うのもいやだ。

自分とだけ、とは言わないが、「妻との関係が一番親しいという人」でないと、長いあいだ夫婦としてやっていけないのではないだろうか。

そう思ったらもう会いたくもなくなり、断りの電話を叔母から入れてもらった。

「残念ねぇ。向こうはすごく気に入っているみたいだったのに。もうあんなにいい人なんか来ないわよ」

などと言って叔母は残念がっていたけれど、朱美にしてみれば相手の欠点がまた結婚前にわかって良かった、と思えた。

自分自身が傷つかなかったところをみると、たいして好きじゃなかったんだわ、とも思った。

そのすぐあとの見合いで知り合ったのが、貴志だったのである。


朱美は貴志に会う毎《ごと》に自分が新しくなるような気がした。

貴志は美男というほどのことはないが彫りが深くてさわやかな感じがする人で、なんでも朱美の言うことを聞いてくれた。

もちろん男同士の付き合いを優先するということもないし、猫アレルギーというわけでもない。

父の仕事を手伝っている自営業だが、妻はまったく手伝わなくてもいいと言う。

面倒がらずに会ってみるもんだわ、と朱美はほっとした。

朱美はそれでもなお、自分はとりたてて結婚願望が強いタイプではない、と思っていた。

ただ単調な事務仕事をずーっとこのまま独りで続けて行くことにはうんざりしていたし、同級生もだいたい結婚する年齢になっていたからそうすることが当然のように考えていたのだ。

そもそも今の繊維会社だって入りたかったところじゃないわけだし、受けたかった旅行関係の会社がほとんど新規採用を見送っていたから仕方なく入っただけなのだから、さっさとやめても未練などないわ、と朱美はいつもはっきりと同僚に言っていた。

そんな人間が会社でうまくやっていけるわけもなく、みんな早く退社しないか、と朱美のことを見ていた。

「退社するからには素敵な人とぱっと素敵な結婚式でも挙げない限りはやめるにやめられないと思っていたのよ」

朱美がそう言うと貴志はにこにことうなずいて、

「そうだね。どうせ式を挙げるんならぱっとして、朱美ちゃんも素敵なドレスを着るといいよ」

と言ってくれた。

Ｆホテルでの結婚式の予約も済ませ、結納《ゆいのう》も終わり、新居も決まった朱美は有給を消化するだけになった。

新婚旅行は遠いところよりも近いところでゆっくり、ということになり、ハワイにした。

ハワイといっても誰でもが行くオアフ島ではなく、マウイ島やハワイ島もまわる豪華なものである。

昼間からデパートに行って、買うわけではないが食器を見たりしていると幸福な気持ちがあとからあとから湧《わ》いてくる。

新居の居間に敷《し》く絨毯《じゅうたん》のことも相談したら、貴志は、

「朱美ちゃんの好きにしてくれていいよ。朱美ちゃんが一番、部屋に長くいるんだから」

と言ってくれた。

本当に貴志は何から何まで朱美の好きにさせてくれた。

いちいち小さなことにぶつぶつ言う岳彦と比べたらまったく月とスッポンだ。

私はようやく欲しかったものを手に入れようとしているのかもしれない、と朱美はわくわくするような気持ちで絨毯を眺めていた。

そこで生活する自分たちのことを想像するだけで嬉しかった。

今までの自分のことは全部、忘れられるような気すらしていた。

絨毯の値段というのは本当にピンからキリまであって、朱美は迷い続けたが、猫がいるので、汚れが目立たない物がいいだろう、と思い、そこそこの値段の物にしてカードで払った。

もう外は暗くなっていたので、デパートから駅へ向かう道を急いでいた。

朱美はそこで信じられないものを見た。

貴志が落ち着いた感じの女性と手をつないで親しげな様子で歩いていたのである。

4

岳彦は朱美と別れて以来、女の子と交際することはなかった。

友人たちが心配して、女の子を紹介してくれようとしたが、なんとなく億劫《おっくう》で会いに行く気持ちにもならず、休みの日はパチンコに行ったり、男同士で飲みに行ったりして過ごしていたのである。

一言で言えば、岳彦は「懲《こ》りた」のだ。

すべての女が朱美と同じような考えを持っているとは限らないのはわかっていたが、

時々、もしかしたら女という生き物はみんな「本当に欲しかったものが手に入らなかったので、代用品で我慢しているかわいそうな被害者の私」と思いながら生きているのではないか、と思ってしまうのである。

そう考え始めるともういけない。

女というもの全般がこわいというか、不気味な感じに思われるのだ。

男だってすべてがすべて、目指していた大学に入り、こどものときからのあこがれの職業につき、満足できる給料を取っているわけではない。

だがそのことはそれとして生きていかざるを得ないし、もしそれについて悩んだとしても自分を責めるのではないか。

パチンコの回転する液晶画面を眺めながら、いつも岳彦はそのことばかりを考えていた。

かといって岳彦は朱美が嫌いになったわけではない。

可愛いし、優しいし、いいところもたくさんある。

しかし考えのたどりつくパターンというか、考えが頭の中を転がる回転方向が岳彦の嫌いな感じなのである。

連絡を取らなくなってずいぶんと時間が経っていた。

風の便りによれば、何度か見合いをして理想の相手と巡り合って結婚したらしい、という。

きっと今ごろ、朱美は今度は何かの代用品ではなく、ようやく本当に欲しかったものを手に入れたのだろう。

そのことについては岳彦は心から祝福する気持ちになった。

ある意味、妥協せずに文句を言っていれば本当に欲しいものに出会えるのかもしれない、とすら思った。

そう思う岳彦の肩をぽん、と叩《たた》くものがあった。

「出てる？」

朱美が立っていた。

自分があまりに朱美のことばかり未練がましく考えていたので、とうとう幻を見ているのだろうか、と岳彦は思った。

「私は負けちゃったわ。一万円でやめることにしてるのよ。きりないもんね」

朱美がパチンコをするなんて岳彦には信じられなかった。

朱美は賭《か》け事を嫌っていたように記憶していたからだ。

「どうしたの？　こんなとこで」

岳彦の問いかけに朱美は、

「えっ、私、パチンコ時々するのよ」

と笑って言った。

ふたりでファミリーレストランに行き、お茶を飲んでいると、どうしてケンカ別れしてしまったのだろう、と岳彦は不思議に思った。

後悔しているわけではなく、不思議に思うのだ。

そのときにはとても耐えられない、と思った出来事や相手の習性も時間が経つとたいしたことではないように思えてくる。

「えっ、誰にそんなこと聞いたの？　私、結婚なんかしてないよ。しようかと思ったのは事実だけどね。結納も終わってたのよ。仲人《なこうど》もお願いに行ったりして……」

ふふふ、と朱美は笑った。

別れた理由をきこうかどうしようかと岳彦が迷っているうちに、朱美が、

「むこうには他に好きな人がいたのよ。でも相手は人妻だったから、いつまでも不倫しているわけにもいかないから、私みたいな邪魔にならない女と結婚してみよう、と思ったらしいわよ」

と言った。

「邪魔にならない？」

岳彦は朱美の言葉に苦笑した。

「お見合いだったからお互いに何もわからなかったのよ。相手の好きなタイプの人のふりも無意識にしていたみたい。でも結婚する前でよかったわ」

会社もやめて今は時々、派遣の仕事に行っているらしい。

そういえば少しさっぱりしたようにも見える。

朱美は自分と付き合っている当時は会社がいやで、少しイライラしているようなところがあったのに、今はそれがなくなった感じがする。

「もうお見合いはしてないの？」

岳彦の問いかけに、朱美はココアのカップを両手でくるみながら、

「無理にするもんじゃないと思うのよ、結婚って」

と言った。

可愛いところはまったく変わっていない。

岳彦は自分の心が揺れているのを感じていた。

今さら、とも思うが、もし今、朱美に、

「私たちもう一度、やり直せないかな？」

と言われたら、うなずいてしまうかもしれない。

「今になってやっとわかったけれど、私、あなたにも申しわけないこと、いっぱいした

し、わがままもいっぱい言ったと思うわ。ごめんなさいね」

岳彦はうなずいた。

自分も何であのときあんなに腹を立てていたのだろう。

女の子が結婚式に凝るのは当たり前ではないか。

それに欲しくて手に入らなかったものがあるときに、少し文句を言ってしまうのも当たり前ではないか。

「時々、電話してもいい？　引っ越しとかしてないの？」

朱美の言葉に岳彦はうなずき、いいよ、と答えた。

岳彦も朱美のことを「好き」という感情がにわかに甦《よみがえ》るわけではないが、なんとなく自分もその電話を待つのではないか、という予感がした。

駅まで一緒に行って別れ際、

「ねぇ、どうして私が『別れる』って言ったとき、岳彦さんは止めてくれなかったの？」

と朱美が言った。

「だって止めるにも、電話も出てくれなかったじゃないか」

岳彦がそう言うと、

「あのとき止めてくれたら、私、あんなにお見合いしたりして悩んだり、結婚しようとした人に裏切られたりして苦しまなかったと思う。私がこんなに傷ついたのは止めてくれなかった『あなたのせい』よ」

と悪戯《いたずら》っぽく笑った。

それは第三者が見たら、女性からの可愛い「愛の告白」というものなのかもしれない。

しかし岳彦は黙っていた。

そして、さよなら、と言った。

事情通

1

石倉淳美《いしくらあつみ》は喫茶店で懐《なつ》かしい顔を待っていた。

相手は西尾《にしお》まりである。

いやもう西尾ではなくなって二十年くらいたつのだろうが、一度も結婚していない淳美にとっては旧姓や新姓という感覚があまりない。

折り入って話がある、と言っていたが、夫婦仲でも良くないのだろうか。

たまにその手の相談を受けることがないこともないが、ひとりでずっと働いて来た淳美は、

「そんなにいやなら、すぐに別れたらいいじゃない。仕事なんか本気で探せばいくらでもあるわよ」

と勢い込んで言ってしまい、ただ相談したかっただけで、そこまで具体的に考えていなかった相手を驚かせることが多かったが。

二時半という中途半端な時間を指定して来たのは、まりのほうである。

この時間ならお茶を飲んでいてもこどもたちが帰ってくる時間に間に合うのだろう、と淳美は思った。

どっちみち淳美は自由業なのだから、相手の都合に合わせることはなんでもない。

淳美の仕事は一言で言えば「事情通」である。

週刊誌の記事の中などで『「最近は～というような流行が見られる」（事情通）』という文を誰でも一度は見たことがあるだろう。

淳美は「それ」なのである。

若いときは契約記者だった。

男性週刊誌もやったし、女性週刊誌の芸能欄もやっていた。

思想系の月刊誌もやったし、美容雑誌のヘアカタログ取材やグルメ雑誌の仕事もやったが、だんだん先細りになって来た。

淳美は若いつもりだったが、一緒に仕事をする編集者たちがいつのまにか自分のこどもくらいの年齢になっていたのである。

一緒に切磋琢磨《せっさたくま》した連中はどんどん会社的な「あがり」を見せ、背広になり、会議をし、ハンコをついているのに淳美だけに「あがり」の道がなかったのだ。

如才《じょさい》なくやれれば「これであなたも幸福に！」などというこどもだましのような本を大量に出すこともできただろうし、実際そういう知人もいたが、淳美はそれができなかった。

他人のことを書くことはできるが、自分の中には何があるのか空っぽなのか、それすらわからなくなっていたからである。

流行を追っていれば必ず人はそうなる。

はやっているものがすてきだとは思わなくても、嘘でも「すてきだ」と書いているうちに、形が中身を凌駕《りょうが》していくのだ。

淳美には何がいいのかもうすでにわからない。

ただはやっているものだけがわかる。

だから高校生たちともいくらでも話せるし、自分と同い年の女性たちの着ている物は「古い」ということだけはわかっているのだ。

ならばしばらくゴーストライターをしようと考え、売れっ子のアイドル歌手のインタビューをとったりしたが、興味が湧かなかった。

「他人の人生に共感しつつ書く、ということは難しいのだ」ということだけがただ淳美にはわかっただけだった。

ならば小説でも書いてみるか、と思った。

自分には経験がある。

いろんな有名人にも会ったし、普通の人が食べられないような物も食べた。

しかし。

「文章がうまいからといっても、小説が書けるわけではない」

ということをまたここで淳美は知った。

小説的な見方というものがあるのだ。

あるいはそれを「小説家的な目」と言い換えてもいい。

誰も気づいていない小さなことに気づき、それを万人に納得させるように書くといった面倒なこと、自分にはできない、と淳美は思った。

しかしそれは彼女にとっては、挫折ではなかった。

できないことに気づいたあとの淳美はできることを磨《みが》くことにした。

そしてそれを会得《えとく》するのは早くてうまかったのである。

たとえば「来年春に新しい携帯電話が出る」という情報があれば、いち早く淳美は勉強する。

そして週刊誌がその特集をすることになり、記者や編集者たちがここに少しコメントが欲しい、と思ったとき、「電話ができる人」に淳美はなったのである。

「電話ができる人」ということは「今すぐに過不足ない回答ができる人」という意味である。

「今年のウィンブルドンテニス大会で優勝するプレイヤー」という小さな記事があるとする。

テニス関係者やスポーツライターに連絡するのが定石《じょうせき》だが、それらがつかまらないとき、あるいはそこまでする必要もないときはその記事の担当者は淳美に電話すればいいのだ。

「フレッシュフルーツ入りのロールケーキ」についても昨日、淳美はコメントした。

「ケーキ屋さんやフレンチのお店の有名パティシェよりも、老舗《しにせ》の果物屋さんでこっそり出しているロールケーキがおすすめよ」

そう言って淳美は三店ほどの果物屋の名前をあげ、電話番号も言った。

「最初の店はトロピカルな果物のやつが珍しいと思うわ。マンゴーとか入ってるやつ。バナナ入りはスタンダードだしおいしいけど、時間がたったら黒く変色するからもしお客様に出すなら、お客様がくる直前に買ったほうがいいって書き添えてね」

それは女性週刊誌の穴埋めページだったのだが、

「さすがですね。こういうことは石倉さんにおききするようにと先輩に言われたんですが、本当でした。助かりました、ありがとうございます」

と若い女性記者に言われた。

「ただお名前やお写真は出せないページなので、申しわけありませんが」

「はいはい、わかってます。また何かあったらどうぞ」

とできるだけ明るい声で、淳美は言った。

「私から掲載誌はお送りします。振り込み先は会社に登録してあるもので変更はないですか？　なんか銀行が合併してトラブルが多かった人などは銀行を変えていらっしゃるので」

「大丈夫よ、私は同じです。でもね、あれって全部の支店でトラブルがあったわけじゃないのよ。大丈夫だった支店には必ず共通項があって、というよりトラブル起こした支店には共通項があるのよ」

「えっ、あ、そうなんですか。でもそれはまた別の機会に。今回は本当にありがとうございました」

淳美は受話器を置いて、すぐに日経流通新聞を眺《なが》めだした。

時間がある限りはずっとネットサーフィンもしている。

事情通の命はただただ「情報」である。

それを分析するのは別の人の仕事なのだが。

ケーブルテレビでも一日中、ワイドショーを見ている。

地方のものも映るチャンネルだと本当に面白くて勉強になる。

たとえば家の周りや家の中にゴミを溜めている、人呼んで「ゴミ屋敷」の住人にはある共通項が見える。

誰もまだ言ってないようなのでこれはメモして何かの機会に言おう。

「さすが石倉さん」

と電話の主に言われる快感に勝るものはない。

マスコミに出て来ない情報も大切である。

そのためには同級生に限らず、近所の小さなサークルにも顔を出すようにしている。

「マメですねぇ」

とあきれられたり感心されたりするが、淳美はそういうことが好きなのだ。

他人のことが、情報が、いろんなことが気になってしょうがない。

とにかく事情通になりたくてたまらないのだ。

最近は奥様向けの通信販売雑誌にもアダルトビデオが載っているので、電話受付嬢は商品名を復唱しないらしい、と近所の奥さんが言っていた。

「とにかくずっと商品番号だけを繰り返すのよ、バカみたい。私は服しか買ってないのになんだかやましい気持ちになるわよ」

淳美はそういう話を聞いたときには何か本当に嬉しいのだ。

誰かに言いたくて、ほぉーっ、と感心されたくてたまらなくなる。

だからしばらく連絡がなかった大学のときの同級生の西尾まりから「ちょっと相談があるの」という電話があったときも、面倒がらずに会うことにした。

結局、この辺りの主婦層が一番記事になることをしているのだ。

ネタと思わずにネタをどんどんたれ流してくれるありがたい人たちだ、と淳美は考えている。

そこには「友情に似たもの」はあっても「友情」などという高級なものはない。ただ優しく話を聞いて引き出すのが淳美にとっては趣味であり、仕事であり、生きがいである。

しかし本人は友情だと信じている。

他人とのかかわりをそういう形でしか淳美は知らなかったから。

2

二十分も待たせたあげく、世間話もそこそこに、西尾まりはノートをどーん、と喫茶店の狭いテーブルに積んだ。

紺のスーツに白いブラウスという完全な「おでかけスタイル」である。

「なに、それ？」

きっとまりの口から出てくるのは夫の愚痴《ぐち》かこどもの愚痴、あるいは再就職の相談か近所のトラブルか、とたかをくくっていた淳美は驚いた。

「うちの息子、知ってるでしょ？」

「ああ、たっくん」

一度、まりの家に招かれたときに会ったことがあるが別段、特徴もない小学生だった。

「そう。その高志《たかし》がね、四年生なのにすばらしい詩を書くのよ。あなた、出版社にもたくさんコネがあるでしょうから、どこか紹介してくれないかと思って」

まりは赤い口紅のついた唇を金魚のように突き出して言った。

「ま、出版社を知らないことはないけど」

そうこたえた淳美はその時点では自費出版の話なのだな、と思っていた。

「本を出してもらうのはもちろんだけど、週刊誌とかでとりあげてくれないかしら？　それでテレビとか来たら本が売れていいでしょう？」

真顔で言うまりの顔を見て、これはちょっと困ったな、と思いながらとりあえず淳美は一番上にあったノートに手を伸ばした。

〈僕が動かなくても時は流れていく
楽しいときも悲しいときも
どうせ過ぎていくものなら笑って生きていきたい〉

〈サッカーボールが回転すると白と黒が混ざる
あんな感じで世界中の人が溶け合って
理解しあえればいいのに
白くても黒くても〉

〈太陽は自分が一日に何度も名前を変えることを知らない
朝日がのぼる
夕日がしずむ
自分で名前を知らなくても太陽は太陽
ひとに何と言われてもぼくはぼく〉
まぁ、一言で言えば「それがどうした」という詩である。
「こんなふうに思うぼくはすてき」という気持ちをこどもにしてはうまく言っているだけで、他者の気持ちを揺さぶるような力はない。
それでもまりにのぞき込まれて、
「ね、すごいでしょう？」
と言われた淳美は、
「う、うん、まあ」
と返事をした。
「天才だと思うのよね。不思議よね、親は何もできないのに」
まるで恋人のことを語るようにうっとり、とした感じでまりは続けた。
「机のうえでセコセコと何か書いてるからこそっと見たら、そんな言葉であふれていたのよ。親のよく目ではなくてすごいと思うのよね。これでも私は国文科の出身だから『良い』『悪い』の判断くらいはできるのよ」

　これが天才少年だったら天才少年はバス停の数だけ町にいる。

　そう思った淳美の心の声を聞いていたようにまりは、

「よくテレビとかで自称天才少年とか出てくるでしょ？　でもあんなのって駅の名前を全部言えるとか魚へんの字を読めるとか、英単語知ってるとか、みんな暗記物ばかりじゃないの。その点、こういうクリエイトな才能って本当に選ばれし者しか持っていないものだと思うのよ」

　と言って興奮したのか、一気にコップの水を飲み干した。

　クリエイトといえばクリエイトだが、そのクリエイトさは「完全なる陳腐《ちんぷ》さ」でもある。

　思いついたように定年退職後の人間が突然、送りつけてくる「絵てがみ」もその類《たぐ》いである。

　そういえば、あるとき別々の三人からもらった茄子《なす》の絵がそっくりで何かの手本を写したのか、と淳美は驚いたことがあった。

「仲良きことは美しき哉《かな》」は言ってることは陳腐であれ、絵がうまくなくても、それを書いたのが「武者小路実篤《むしゃのこうじさねあつ》」だから値打ちなのである。

　あるいはメルヘンな絵であっても「美空《みそら》ひばり」が描いたものはそれだけで陳腐ではな

いのだ。

それはすでに名前が完全なるオリジナルだから。

しかし詩を書く少年は下手すると新聞少年の数より多いかもしれないのだ。

この高志が人気アイドルならばまた話も別になってくるだろうが。

「預けてもいいわよ、このノート」

まりは眼を輝かせて言った。

「じゃあ、見本に一冊だけ」

淳美は言った。

「当たり前だけど内容、盗まれないようにしてね。すごくいい詩なんだからすぐに盗作されちゃうわ」

ランボーはアポリネールは、あるいは萩原朔太郎《はぎわらさくたろう》や立原道造《たちはらみちぞう》はそんなことを思いながらノートを誰かに預けたことがあるだろうか。

あるいは「親に発見される詩人」なんてそれ自体でパラドックスではないか、と淳美は思った。

渋谷の道端で物欲しげな女の子たちがしゃがみこんで打っているメールのほうがよっぽど現代詩なのではないか、と。

3

「そんなの持ち込まれてもねぇ」

相手の反応は最初からわかっていたが、何もしないで返すのも申しわけない気がして子育て雑誌の副編集長をやっている昔からの知り合いに淳美はノートを見せた。

「それはわかってるんだけど」

井川《いがわ》カオリはやり手である。

誰も行きたがらない子育て雑誌の編集部に志願したあと、次々と新しいヒット企画を考えている。

小柄だがバイタリティーにあふれた女性で、淳美も一緒にいるだけでエネルギーを感じるほどだ。

「母子でもう一度始めるバイエル」などはテレビでよくとりあげられるほどだ。

受験や就職で中断したピアノをこどもともう一度始める、というのは親子のコミュニケーションも良くなるし、母親の目標にもなってとてもいいらしい。

「詩はね、誰でも書けそうだからかえって難しいのよね。これが詩吟《しぎん》や浄瑠璃《じょうるり》やっている少年とかSF漫画描いてる少年とかだと写真を載せても映《は》えるから小さなトピックスとしてとりあげてもいいんだけど」

「そうよねぇ」

淳美は煙草に火を点《つ》けてうなずいた。

どんなに小さなトピックスだとしても、読者にお金を払って買ってもらう雑誌に紹介されるということになればどんなに大変なことかは淳美が骨身に染みてわかっている。

いくら昔からの知り合いで、かつてはしょっちゅう朝まで一緒に飲んだ相手であっても今、自分の原稿をたとえ一ページであっても載せてくれ、と淳美は目の前の井川カオリにもう気やすくは言えないのだ。

ものすごく面白い子育て記事でも書けたら話は別だが。

「じゃ、ちょっと預かっておくわ。ソロバン日本一の少年とかすごいセーター編んじゃう女の子とかNHKの朝ドラに出てる天才子役の記事とかいっぱいあるんだけど、ネタが涸《か》れるってことももしかしたらあるかもしれないから」

そう言ってカオルは淳美から、高志の詩のノートを受け取った。

「大変ね、あなたも」

立ち上がった瞬間、ものすごいスピードで伝票を取ったカオリは、

「また何かあったら連絡ちょうだい」

と言った。

もう「一緒に飲みましょう」、はないのだな、と淳美は自分たちの関係を再び確認したような気持ちになった。

4

「運」というか、「タイミング」というものはあるものである。

たとえば二十五年ほどの昔、「東京ではレコードを安く借りて期限内に返せばいいという店があるらしい」と聞いた九州の大学生が友人たちと、自分たちの持っているレコードを集めてレンタル・レコード店の走りのような商売をしたら急成長して、大学生たちはかなり大きな会社を持つようになった、とか。

あるいは「誰にも気兼ねせずに自分ひとりで大きな声でカラオケを歌いたい」と思った岡山の農家の男が、自分の畑にコンテナを置いてその中にカラオケセットを持ち込んだところ、大評判となり今でいうカラオケ・ボックスができたとか。

自分で何となくやりたいと思ってはじめたものが思いもよらない評判をとる、ということはこの世にはあるのだ、と取材記者をしていた淳美にもわかっている。

しかしこんな、誰が読んでも陳腐なこどもの書いた詩が当たるなんてこと、あるだろうか。

たまたま最近、難病におかされた少年が書いたという詩がブームになっているのに触発された地方のPTAが文集を作ったところ、それが地元新聞にとりあげられて、こどもに詩を書かせる、というのがひとつの流行となっているらしい。

じゃあ、とりあえずこどもの詩も押さえておかないと、と思った辣腕《らつわん》の井川カオリ副編集長が、昔の知人から預かったこどもの詩のことを思い出した。

それは机の引き出しの中にほうり込まれていたのだが、ま、何行かを埋めておくには丁度いいだろう、とそれを載せてみたところ反響があったのだ。

次号もその中のいくつかを載せてみたら、大反響となり、そのこどもの詩集が出版されることになった。

出版されたあとはまた反響が反響を呼んで、売れ行きも良いらしく続けて何冊か出版されることになったのだ。


「しかし私にはさっぱりわからなかったけれど、さすが淳美ね。あれがすごいってわかっていたのね。詩を預かっていて本当に良かったわ。ありがとう」

井川カオリにそう礼を言われても淳美もその実、いったい何が起こっているのかはわからなかった。

先週、お礼にごちそうを、とカオリから電話があったときには淳美は冗談でしょう、と思ったほどだった。

もちろん何につけても事情通の淳美は、こどもの詩がブームになっていることは知っていた。

しかしその中に西尾まりの息子の高志の詩も入っているなんて思いもよらなかった。

なぜなら出版されるほどのブームになっているのだったら、絶対にまりから自分に電話くらいないわけないだろう、と思っていたからである。

それにこの世がいくら自分の思わぬ方向に転がりがちだとしても、あの高志の詩が鑑賞に堪《た》えるものかどうかくらいはこの世界に二十何年もいる自分にはわかるはずだと淳美は思っていたからである。

間違いなくあれは西尾まりの親ばかで、世間知らずな行動であるだけだったはずだ。

そんな簡単に出版というものができるなら、自分は今までに百冊は書いている、と淳美は納得がいかなかった。

「ねぇあの詩、いいと思う？」

メイン・ディッシュの牛フィレ肉にナイフを入れながら、淳美はカオリにきいてみた。

いろいろ今までにもブームを作って来たカオリのことである。

もしかしたら今の自分のこの納得いかない気持ちを覆《くつがえ》せる何かを言ってくれるのではないか、頼むから言ってほしい、と淳美は思っていた。

「さぁ。私にはわからないわよ。でも淳美はさすがね。見抜けるのよね、みんなが何を読みたがっているかが……」

カオリは完敗だ、といったふうに淳美の顔を見ている。

「ええ。まぁ」

と話の流れ上は曖昧《あいまい》にうなずいた淳美だったが、納得がいかない。

西尾まりから一切、連絡がないのも不思議だった。

カオリがやってる雑誌に載った時点で、

「ありがとう。あなたのおかげよ」

くらいのことは言って来ても良いはずなのに。

こちらから「すごく評判になっているらしいわね。良かったわね」などと電話するのもまるで恩に着てもらいたがっているようだし、なんだか変なので、淳美としてはむこうの出方を待つしかないのだが。

「平凡だからいいのかな。なんか先鋭的っていうか、才気走ったよくわからないような詩がもてはやされるけど、結局はこどもの詩なんだからあんなわかりやすいものがいいのかもね」

ワインで少し赤くなっているカオリの意見に淳美は黙っていた。

ただ心の中で、「平凡」と「凡庸《ぼんよう》」は似ているようでまったくちがうのだ。

そして高志の詩は凡庸の典型のような何もないものだ、ということだけ考えていた。

5

その日もある女性週刊誌の編集者から淳美のもとに電話があった。

彼の声はよく知っているが、顔は一度も見たことがない。

しかし淳美にとってはもう「馴染《なじ》み」である。

今日は寝坊してしまったので、朝のワイドショーをチェックしていないのが悔《く》やまれた。

スポーツ紙もふたつとっているのだが、まだ読んでいない。

もし大物が電撃離婚していたらどうしよう、と淳美ははらはらしながら彼の話を聞いた。

「石倉さんって西尾まりさんのお友だちなんですよね」

西尾まり、西尾まりって誰だろう。

ああ、あの西尾まりか。

平凡な主婦である同級生の名前が突然、マスコミの人の口から出るとは思っていなかったので、不意を突かれるかたちになった。

「ええ。そうですよ」

高志の詩が評判らしいから、きっとその取材なのだろう。

まりも偉くなったものだ、と淳美は思った。

「うちで教育相談というか、人生相談のページをやっていただくことに決定したんですよ。うちの読者の方は主婦も多いので、芸能スキャンダルばかりじゃなくて、教育と料理のページは大切ですからね。あんな天才少年を育てた方ならうちの雑誌にぴったりだなと思いまして」

天才少年。

淳美は頭の中でその単語を反すうした。

「天才」は「凡庸」とは一番、遠い座標軸にあるのではないか。

よしんば流行の波が来ていて、高志が世にもまれな強運の持ち主だとしても、まりに人生相談の才があるとは思えない。

いつ会っても自分と自分のまわりのことしか話さず、退屈極まりないし、まりが他人の人生に興味を持ってアドバイスするなんてこと、できるはずもないのに決まっている。

「その第一回目は対談形式にして大きく扱いたいと思うんですよね。そのゲストを長年の友人でいらっしゃってライターとしても活躍していらっしゃる石倉さんにお願いできないかと、思いまして。対談の日時等は西尾先生がお忙しいので、この三日の中からお選びいただきたいんですが」

そう言って彼は日程を告げた。

今、西尾先生、と聞こえたような気がするがいったい何が先生なのだろう。

こどもが本を出すと、親は「先生」というものになれるのだろうか。

そして西尾まりと長年の友人でいらっしゃってライターとしても活躍していらっしゃる、というのはなんだろう。

何かの冗談なのだろうか。

自分は二十何年もこの世界でやってきたのに、「長年の友人で」のほうが肩書としては前になるのだろうか。

それにどうしてむこうは「先生」で私は「ライター」なのだろう。

そういえば「ライター」と「作家」の扱いのちがいを以前、親しい編集者にきいたことがあったことを淳美は思い出した。

「作家との打ち合わせはどんなに遠くても行くし、こちらから原稿をいただきにも行く。でもライターは『編集部に来て』と言って呼び付けちゃうな」

と。

呼び付けられたその編集部で自分はその話を聞いたのだ、と淳美は思い出した。

苦《にが》いものが胃の奥から上がってくるのを感じつつ、淳美は声をできるだけ冷静に保ちながらたずねた。

「まりは、いえ、西尾さんはどうしてそんなにお忙しいんですか？」

どうせこどもと夫の弁当がとか、姑《しゅうとめ》の腰が悪くてとか、主婦が言いそうなことでプロの職場を混乱させているのだろう、と思いながら。

「講演でお忙しいんですよ。地方も多いみたいですしね。あの方は一回、五十万円クラスの講師さんだから呼ぶ側も大変だと思うんですが……」

一回五十万円クラスの講師さん？

それは本当に自分の知っている西尾まりだろうか。

夫と仲が悪いというから離婚をすすめたら、

「だって私、生活できないもん」

とこどものように頬《ほお》を膨《ふく》らせたあの西尾まりの話だろうか。

何しろその話をしたときからでもたった何年かしかたっていない。

もしかしたら同姓同名の別人物の話ではないか、と淳美は思った。

しかし同級生で友人となるとやはりあの「西尾まり」しか思い当たらない。

あとから送られて来たファクシミリで対談の内容を把握《はあく》してやはりあの西尾まりしかありえないのだと淳美は思った。

対等な二人が対談するわけではなく、西尾まりの新連載のプロモーションのための対談に自分が参加するのだ。

その指定された三日間はどの日も暇だったが、「忙しい」と言ってさっさと断ろうか、と淳美は思った。

それでも何十万部も出ている雑誌に名前とプロフィールが出る魅力には抗しえなかった。

それを見た編集者がまた自分のことを思い出してしばらくは仕事ができるだろうと思われるからだ。

真ん中の日にちを適当に選んで、淳美は返事をファクシミリで送った。

悔しいというより、不思議な気持ちだった。

対談場所に指定されたホテルのスィートルームには、すでに照明機材がいっぱい並んでいた。

十分ほど前に着いた淳美は速記者やカメラマン、声だけ馴染みの若い編集者と名刺交換をした。

「まだいらっしゃっていませんが、もうすぐだと思います」

彼は、すごいですよ、あの方は、と言った。

「息子さんの詩もすばらしいけれど、やはりあの方自身がお持ちになっておられる教育論というか、人生論がなおいっそうすばらしいと思います」

教育論、人生論、淳美は今までまりが語っていた内容を少しでも思い出そうとしたが、それに類することに関してはまったく心当たりがなかった。

学生のときははやっているものが好きで、ありきたりの映画で泣いたりしていたし。この本がすばらしいとか、こうやって生きたい、などという話をまりの口から聞いたことはないように思った。

そしてなんでもない結婚をして二児の母となった。

それでも友情が続いたのは、まりが基本的には意地悪な性格ではなかったのと、住む世界が違い過ぎてお互いの話が面白かったからなのだろう、と今にして思う。

「あっ、いらっしゃいました」

若い男は立ち上がった。

「ごめんなさいね、お待たせして。あら淳美、御足労かけてごめんね。今日はありがとう」

まぎれもなく少し痩《や》せて若々しくなった印象の西尾まりがそこにいた。

「すごく忙しいんだってね」

嫌みではなく、不思議な気持ちのままの質問だった。

「なんか慣れないことをひとりでさばいているから戸惑ってるだけなのよ」

ソファにすわってまりは言った。

「たっくんはどうなってるの？」

まず最初に息子の詩を載せてもらったお礼を私に言ったらどう？　という気持ちが淳美の中から沸々《ふつふつ》と湧きあがってきた。

「なんか急に有名になっちゃって、先生にまで国語の時間に『詩を書け』なんて言われちゃうもんだから浮いてしまって大変なのよ。だから私立に転校するのよ」

まりは淳美の気持ちなど意に介していないらしく、大学まで一貫教育の有名校の名前を上げた。

「そんなところに途中から入れるの？」

それが入れるのよぉ、と本当に絵に描いた主婦のように手をパタパタして嬉しそうにまりは言った。

「高志も急に有名になっちゃったでしょ？　こどもの数が少なくなった昨今ではそういう生徒がいると宣伝になる、っていうことで来てほしいみたいよ」

私ももう教育評論家だし、と言わなかったのは「せめてもの慎《つつし》み」というものなのだろうか。

「それは良かったわねぇ。ところでご主人は元気?」

急に有名になった妻と息子というものを持つ気持ちはいったいどういうものなのだろう。

職場で何か言われたりはしていないのだろうか、と思いながら淳美はたずねた。

「全然、会ってないからわからないのよ。私はほら、このとおり毎日、外に出っぱなしでしょ? 最初のうちは高志のことでも喜んでいたんだけどね、どうかしら。でもいいのよ、もう。私もこれから生活できると思うし」

自分は結婚したことがないから夫婦のことはわからないし、その夫婦によっていろいろ形も違うのだろうと思う。

まりは好きで砂浜にいたわけではなく、浮輪がなかったから仕方なく砂浜にいただけらしい。そして息子という「浮輪」を見つけて大海に出る日を待っていたのだ。

心の中は野望だらけだったのに、それは蓋《ふた》を開けていい日が来るまで瓶詰《びんづめ》のように熟成するのを待っていただけなのかもしれない。

これはまりだけれど、もう自分の知っているまりではないのだ、と淳美は思った。

そういえばまりの服も前からいつも着ていたような地味な色のスーツだが、よく見るとブランド物のように見える。

対談は終始、まりの「輝く未来へのポジティブな私」の話だった。「地味な主婦だった私」「たいして才能もないと思っていたが一生懸命好きな詩を書いていた息子」「でもこの私は未来のあなた」のような話が手を替え品を替え出て来る。

その凡庸な容姿もあいまってそれはある種の説得力を持つから、まりの講演を聞きに来た女性たちも気持ちが良くなって帰るだろう、と淳美にも想像できた。

しかしもう、まりは「普通の主婦」ではないのだ。「未来を夢見ていた普通の主婦だったまり」はもうこの世にはいない。

息子は「天才少年」と言われ、本人も押しも押されもせぬ「教育評論家」なのである。主婦のときの苦労話をひとくさりはするが、そんなもの、陳腐で凡庸なほとんど寝言のようなものである。

こんな話、投書したとしてもどこの主婦雑誌にも採用されることはないだろう。姑を介護したわけでもなく、夫が暴力をふるうわけでもなく、洗濯機を買おうと思ったとき一番高い乾燥機つきの物が買えなかったというのが最大の苦しみ、といったような話である。

他人にまったく興味がなく、昔からこちらの話を一度も聞いてくれたことのないまりらしいといえばそうだが、これが「すばらしい人生論」というものなのだろうか。

対談が終わったとき、淳美は最初から最後まであいづちしか打っていなかった自分に気がついた。

反論しようにも呆《あき》れてしまった、というほうが当たっているかもしれない。

対談後、お茶でも飲むのかと思ったら、「新連載のお打ち合わせ」とやらで、まりはすぐに迎えに来た担当の編集者とティールームに向かっていた。

「あっ、あの井川カオリさんのところでも『子育てエッセイ』を書くことになったのよ」

とカオリのことをさも友人のように話すまりを見て淳美は少し笑ってしまった。

この人にはトンネルの出口は見えても、入り口やトンネルの中の記憶はまったくなくなってしまったらしい。

「いやぁ、本当にパワフルですごいですよね、西尾先生は」

という声を背中で聞きながら淳美は鞄《かばん》の中にシガレットケースをしまった。


対談後、まりから電話くらいあるかと期待した自分がばかだった、と淳美は思った。

淳美への電話はいつもどおり「事情通」としての役割を求めるものだった。

そのうちにまりが再婚した、という噂を聞いた。

離婚したことすら知らなかった淳美は驚いたが、相手を聞いてもっと驚いた。誰でもが知っているベストセラー作家だったからである。

今となってはまりがどういう経緯で世に出て来たかを覚えている人間などもういないだろう、と淳美は思った。

「あっ、あの」

その日の暗い口調の電話は女性週刊誌からだった。

「石倉さんは教育評論家の西尾まりさんとお知り合いですよね」

「ええ」

淳美はまたその話か、と思った。今度は離婚でもしたのか、と。

「中学に入ったばかりの息子さんが自殺されたらしいんですけど」

「た、高志くんがですかっ！」

淳美は自分でもびっくりするような大きな声を出した。

「そうなんですよ。いくらお母さんが教育評論家であっても、天才少年というか、詩人は難しいんですかね、デリケートで」

高志は天才ではなく、自分が凡庸だということに気づいて死んだのだ、と淳美は直感した。

「で、西尾さんのご様子はどうですか？」

きっと取り乱していることだろう。

「さっき、ファクシミリでコメントが送られて来たんですけど『これも教育を考える自分への艱難《かんなん》だと考えています』と書いてあります」

淳美は受話器を持ったまま、立ち尽くしていた。

自分の考えの間違いに気づいたからだ。

きっとそのうちまりは「凡庸な物語」を「悲劇の物語」として聴衆に語るのだろう。そしてそれが語れるようになる人は多分、この世に何人もいない。

きっと泳げるようになったから、もう浮輪もいらなくなったのだろう、と考えながら。

偽　妻

1

ことの起こりは有美子《ゆみこ》が出て行ったことにある。

有美子はその名のとおり美人だった。

誰もが振り返る、というほどのレベルではなかったかもしれないが、高崎《たかさき》にとってはたったひとつ、世間に誇れる持ち物だった。

そう、「持ち物」だった。

有美子は最後の朝、

「私はあなたの所有物ではないんですからね。あなたも私もこの家の何一つ持っていないのに、私だけはあなたの持ち物なんだわ。ばかみたい」

と悪態をついた。

そのまま仕事に出掛けた高崎が家に帰ると、幸太《こうた》と春菜《はるな》だけが食卓にすわっていた。

母親似で可愛い春菜はうとうとと舟を漕《こ》いでいる。

「ママは？」

ときくと、

「さあ」

と幸太は首を振り、

「『もう二度と帰らない』って言ってた。『でも春菜の結婚式には出たいわ』ってさ」

と言った。

「なに言ってんだ。こどもみたいに」

高崎はそう言うと、冷蔵庫を開けた。

奇跡的にビールが一本、そこにはあった。

こどもたちの食べる物は用意しても、高崎の食べる物は用意するつもりはないらしい。

仕方ないからハムとマヨネーズで高崎は晩酌をすることにした。

小学四年生の幸太は小学二年生の春菜を抱えるようにして運ぼうとする。

母が出て行ってしまった、ということをどのくらいの大きさのこととしてとらえているのかは知らないが、今日の幸太と春菜は静かである。

きっと有美子は実家か友人の家にいるんだろう、とまだ高崎はたかをくくっていた。

有美子はどうしても土曜日には帰ってこなくてはならないことくらいわかっているはずなのだから、と。

しかしどこに電話しても有美子は見つからなかった。

それから三日経《た》ち、金曜日になって、高崎は有美子の決意の程を初めて知らされる思いがした。

とにかくあと一日でなんとかしなくてはならない。

高崎は仕方なく、えり子に電話することにした。

えり子はホステスである。

駅前のスナックビルの三階に入っている店に長いあいだ、勤めている。

仕事をやめたい、やめたい、何かきっかけがあったらやめる、と季節毎《ごと》に言っているが、多分、一生、水商売を続けることだろう、と高崎は考えている。

きっかけがあろうとなかろうと、男に酌をしないで生きていく女と酌をするのが人生の女と、女には二通りあるのだ、と彼は信じているのだ。

高崎とそういう関係になったのはもう一年ほど前のことだが、べつに有美子はそれに気づいて怒って出て行ったわけではない。

といっても高崎には他の理由も思い浮かばなかったが。

えり子は有美子のように美人ではないし歯並びが悪かったが、陽気で華《はな》があったし、有美子と年もほとんど同じである。

この土日をなんとかしのげばそのうちには有美子は帰ってくるはずなのだから。

肉体関係のある女に、妻の家出のことを言うのは気が引けたが、背に腹は代えられない。

それにえり子は割り切りのいい女である。

今まで何一つ面倒なことは言い出さなかったではないか。

えり子の携帯電話に電話して、用件を言うと、しばらく黙って聞いていたえり子が嬉しそうに笑った。

「いいわよ。そんな変な経験したことないからしたいもん」

「日当は払うから」

高崎はそう言った。

今まで五ヵ月ほどはトラブルなしでやって来たのだ。

ここで失敗するわけにはいかない。

心配は幸太と春菜がえり子になつくかどうかということであるが、小さいながらもふたりともそれが父の仕事の一環であることはよくわかっているし、なにしろたった二日のことである。

高崎はこれはノー・チョイスなのだ、と思いながら、えり子に賭《か》けてみることにした。

2

一週おきの土曜日の朝、幸太と春菜は自分の部屋をきちんとかたづける。

学校の授業のある日もない日も、彼らはそれが自分たちの仕事だ、とわかっているのだ。

二階に幸太と春菜はめいめいの部屋を持っている。

もちろんフローリングで窓も大きい。

二階にはちょっとしたバルコニーもある。

彼ら専用となっているトイレもシャワールームもある。

こうなれば友だちの溜まり場になりそうなものだが、彼らは友だちを連れてくることができない。

ペットを飼《か》うことも許されない。

一階の広いダイニングの隅《すみ》に熱帯魚の大きな水槽があるが、彼らはあまりそれに触《ふ》れることもない。

餌《えさ》は有美子がやっていたが、温度調節が難しくて、最初のうちは何匹も死んだ。

今は高崎がおそるおそる掃除をしている。

熱帯魚が死ぬとそれは「損金」として会社で処理される。

高崎は住宅会社に勤めている。

そのモデル・ハウスに住むことが業務の一環なのだ。

新築ばかりを展示するのではなく、何年か人が住んでいるモデル・ハウスを公開することが、今、業界では流行している。

今年四十歳で美人の妻と小学生の男の子と女の子がいるという、申し分のない家族構成の高崎に白羽《しらは》の矢が立ったのである。

五LDKの一戸建て、システムキッチンがついているし、ウォーク・イン・クローゼットが四ヵ所もあり、全室に床暖房も整っているし、浴室には乾燥機がついていて、おまけに小さな前庭と車一台分の駐車スペースもある。

光熱費や電話代は高崎が払っているが、家賃は無料である。

そのかわり勝手に模様替えしたり、家具を買うことは許されない。

MDのついた音響システムも一階にはあるが、高崎は恐ろしくて一度も使ったことがない。

有美子も有美子で電子レンジは使っても、作り付けの本格的なオーブンは使おうとしない。

たまにホーム・パーティのデモンストレーションがあるときに、料理研究家が来て七面鳥を焼いたのを写真に撮《と》ったくらいのことである。

こどもたちは病的といってもいいくらい、ゴミやほこりを気にするようになった。

春菜はクッキーを食べるときは庭かバルコニーで食べている。

外で遊んで服が汚れたときには、玄関で着ていたものを全部脱ぎ、母に渡すのが決まりになっている。

「こどもはこどもらしくさせてあげたいわ。なんだかここの家に来てからの二人はおどおどしてる感じになったもの」

長野出身でアウトドア好きの有美子はそう言うことがあったが、高崎が、

「じゃあ、おまえは前の家に戻りたいのか？」

と言うと黙りこんだ。

前に住んでいたアパートは狭く、収納スペースがほとんどなかったので、物があちこちに置かれていて、どんなにかたづけても散らかっているように見えたものだった。

高崎がモデル・ハウスに住むことが決まったときは、羨望《せんぼう》のまなざしを感じたものである。

「たいしたエリートではなさそうに見えることによって他人に平凡な感じと安心感を与える」というのも考慮の対象になったらしいが、それでも選ばれたことにはちがいない。

入社して以来、高崎がこんなに華やかな思いをするのは有美子との結婚式以来のことである。

どうして自分のように平凡な男に美人で評判だった有美子が嫁《とつ》いで来たのか、みんな不思議がったが、それは縁のものなのだ、と高崎は思っている。

高崎の顔が有美子は大好きだったらしい。

目が細いところもまつげが短いところも、有美子の目には「可愛い」と映ったようだっ

た。

有美子は大きな目とそれを覆《おお》う長いまつげが印象的な女だったから、無いものを求めたのかもしれない。

美人なのにいっさい気取らず、明るかった有美子だったが、この家に越して来てからは口数が少なくなった。

見学者がやってくるたび、にこにこして丁寧《ていねい》に質問に答えるのは、業務のひとつだとすっかり割り切っている高崎ですら、苦痛なことだった。

他人の前に出るのがあまり好きではない有美子にしたら、さぞつらかったことだろう。

今、嬉々《きき》としてテーブルについているえり子を見ながら高崎は思った。

えり子は人と接触するのが好きでたまらない性分《しょうぶん》なので、これから見学者を迎えるとなるとわくわくしているらしい。

見学者の案内担当の人間たちには、

「妻が実家で急に盲腸になったので、妻の妹が手伝ってくれることになった」

と高崎は伝えておいた。

幸太と春菜には、

「見学の人の前で、あの人をべつに『お母さん』と呼ばなくていいから、『おばさん』とも呼ぶな。会社の人にいろいろきかれても答えるな」

と言っておいた。

こどもたちに盲腸の状態をたずねられても困るからだ。

会社の人間には秘密にしてある店の女でとにかく良かった、と高崎は息をついた。

3

予想に反して有美子はずっと帰らなかった。

もっと予想に反したのは、えり子がなかなかの偽妻ぶりを発揮したことだった。

もうウォーク・イン・クローゼットや床暖房の説明は会社の誰よりうまくできる。

えり子は月曜から金曜日まで店に出ていて疲れているだろうに、一週おきの土曜日の朝には嬉々として現れる。

幸太と春菜に接するのだけは最初ぎこちなかったが、今はほとんど自然な態度になっている。

こどもたちのほうでは心を開いているわけではなかったが。

高崎はえり子を見ていると、えり子は自分よりこの家を好きなのだろう、という気がした。

えり子の男が自分ひとりだと高崎は自惚《うぬぼ》れてはいなかった。

しかし今は自分ひとりになったのではないか、と考えている。ウォーク・イン・クローゼットや床暖房の力で、自分はえり子の中で突然、いい男になったのではないか、と思っていた。

えり子が、というわけではなく、ほとんどすべての女はこういう家が好きなのだろう。そして物事には例外があって、それが多分、有美子だったのだ。

「これでゴールデン・レトリバーとかがいたらいいわねぇ」

見学者がとぎれたときに前庭を見つめながらえり子が言ったとき、高崎はおいおいちょっと待てよ、と首を振った。

俺たちは夫婦じゃないし、俺たちは家族じゃないし、そもそもこの家は俺のものじゃない。

そろそろ有美子が戻って来ないと会社の連中もおかしいと思うだろう。

この日だけ会社からお仕着せられている派手な色のポロシャツの裾《すそ》を引っ張りながら高崎が思ったとき、

「いらっしゃいませ」

と受付の女の子の声がした。

見学者は玄関脇でアンケート書類に記入するシステムになっている。

「土地はあるか・土地が無いなら資金はあるか・何年後に建てたいか・他社の物件も検討

中か」などの質問がいっぱいあり、その記入が終わった者からダイニングにやってくる。そしてその人たちを「今この家に住んでいる夫」や「今この家に住んでいる妻」が案内するのだ。

何本かある路線バスの時間が重なったようで、見学者が一気にたくさん来たらしく、ががやしている。

玄関がやかましくなると、えり子は唇をきっと横に広げ、準備を整える。

「いらっしゃいませ」

と高崎が立ち上がったとき、見えたのは有美子の姿だった。

有美子は白いブラウスに茶色の革のパンツをはいて、家族連れ二組の後ろに立っていた。

高崎はとっさに幸太と春菜のほうを見た。

突然、「ママ！」などと言って泣かれたくなかったからだ。

お行儀良く台所に立っていた幸太と春菜は一瞬、有美子のもとへ駆け寄ろうとしたが、それを有美子が手で制するのを見て、高崎はほっとした。

こどもたちは悲しげにうなずいたあと、同時ににっこりとほほ笑んだ。

そのとき、有美子に向かってえり子が、

「奥様もご覧になりませんか、この冷蔵庫。ドイツ製で最初から作り付けなんですよ。大ききはいろいろとりそろえてあるんです」

と言って、冷蔵庫のドアを開けるのが見えた。

大きすぎてふだんはたいして物が入っていないように見える冷蔵庫だが、一週おきの土、日だけは物がいっぱい入っている。

有美子は一瞬、黙ったがその後、ほほ笑んで、

「あっ、そうですか。すごく便利そうですね」

と曖昧《あいまい》に返事をした。

高崎は有美子に近づいて、

「おまえは盲腸で入院したことになっているから、アルバイトで知り合いに手伝ってもらってるんだ。おまえの妹ということになっているから、会社の誰かにきかれたら適当に返事しておけよ」

と言った。

「どうして?」

有美子は驚いたように高崎を仰《あお》ぎ見た。

「どうして、って、なにを言ってるんだ。おまえはいろいろな人に迷惑をかけたんだよ」

「ではお二階にどうぞ」

高崎の横を擦《す》り抜けてえり子が嬉しそうに小集団を率《ひき》いて階段を上がって行く。

「だって、あの人は私の妹じゃないわ。それに私は盲腸になんかなってないし、この家が快適でもなかったのに快適なふりするのもいやだし。私はもうこの家の人でもあなたの所有物でもない、って今、言いに来てるのよ」

何を言ってるんだ。

今度は高崎のほうが有美子の顔を仰ぎ見る番だった。

おまえが今までぬくぬくと寒い思いもせず、腹も減らさずに暮らしてこれたのは誰のお陰だ、と口にすると陳腐《ちんぷ》になるせりふを胸の中で繰り返した。

「今じゃないだろ。明日にしなさい」

「なんで明日にしなくちゃいけないの?」

「今は仕事中だからだろ。わからないのか」

何度も何度もおまえも経験したことがあるだろう。

俺たちが一週おきの土曜日、日曜日には何をしなくてはならないのか、おまえはわからないって言うのか。

「仕事より大切じゃないの、私たち。私たちの家族が先にあって仕事があるんじゃないの? それとも仕事が先にあって家族があるの? そもそもこれってなによ、こんな猿芝居」

有美子の言葉に高崎は激怒した。

玄関脇の受付に会社の人間がいなかったら、有美子を殴っているところだった。

「猿芝居ってなんだよ」

「だって私、ここに越して来てから一度も幸せじゃなかったもの。こどもたちだって小さいのに気をつかってばかりで充分に遊べなかったじゃない。友だちを連れて来られやしないのよ。こんなに広いのに犬すら飼えないから、あの子たち、パソコンの中で犬を飼ってるのよ。私も幸せだったことなんてなかったわ。近所の人の評判ばかり気にしてさ。評判第一だからでしょ。そんなので幸せになれるわけなんてないじゃない。心から幸せじゃなかったとしても、幸せじゃない様子で過ごせたらまだ良かったけれど、どうして幸せじゃないのに、幸せなふりをしなくちゃいけないのよ。そういうの、猿芝居って言わない？」

長いまつげが劇場の緞帳《どんちょう》のようにパタンパタンと動く。

「どうして、ってそれが業務だからだよ。週に二回、見学者を呼ぶのが、俺たちの仕事だからだ」

「『俺たちの』、じゃなくて、『あなたの』、でしょ」

有美子の言葉に高崎は一瞬、言葉を失った。

そして落ち着いた声を出そうと努力した。

「とにかくあとで。すべて落ち着いてからだ」

ふと見るとこどもたちは前庭に出ている。

二人ともこっちを見ている。

両親がややこしい話をしているのはきっとわかっているのだろう。

そういえばここに来て、こどもたちの聞き分けがすごく良くなった。

最初はいいことだ、と高崎も考えていたが、こうなってくるとそれは少し不気味ですらある。

「あとで落ち着いてから、ってなに？」

有美子がなおも高崎に言う。

「あと三十分程で見学者の受付が終わる時間になるくらい、おまえもわかっているだろう？」

「受付が終わろうと始まろうと、私たちの関係より優先するものがあるの？」

高崎はタバコに火を点《つ》けた。

今まで見学客がいる間は、絶対にしなかった行為である。

「いくらでもあとで時間があるだろう。それにおまえももうちょっと落ち着いたほうがいい」

「私が落ち着いたときは、あなたなんてどうでもよくなったときだわ。私は今、話したいのよ。それともあなたは私と話し合うのが面倒なの？」

「誰も面倒だなんて思っていないだろ。重要な話だからもっと落ち着いて話したほうがいい、って言ってるんだ」

　ふん、と有美子は鼻を鳴らした。

　妻にこんなに不満が溜まっていたとは思ってもみなかった、と高崎はあらためて有美子の顔を見た。

　幸福そうにその大きな台所で料理をする姿を見せていたのは、夢だったとでも言うのだろうか。

「ではこれで終わりになります。ありがとうございました」

　軽やかに階段を降りてくるえり子の声が聞こえてくる。

　えり子のほうが幸福な主婦のように見える、と高崎は不思議な気持ちになった。

　えり子は玄関まで二組の家族を見送っている。

「あれは誰よ」

　有美子が言った。

「知り合いだよ。わざわざ手伝ってくれてるんだ。おまえからも礼を言ったほうがいい」

「だから何の知り合い？」

　有美子は本革でできたソファに倒れ込むようにしてすわった。

　受付からは女の子がやって来て、

「本日はこれでおしまいです。ご苦労様でした」

と頭を下げた。

「奥さん、回復なさってよかったですね」

部下の小林《こばやし》もそう言って、頭を下げた。

彼らは日報にいろいろ記入したらお茶も飲まずにさっさと帰ることになっている。

そうするのがこんな異常な仕事を長続きさせる唯一の秘訣《ひけつ》だと知っているように。

有美子は頭を下げただけで、何も言わなかった。

ここで盲腸ではなかった、などと言われたらたまったもんじゃない、と高崎は内心、ほっとした。

受付の二人が帰ったと見るやこどもたちが走って、母親にしがみついた。

春菜は声を上げて泣いていた。

「あら」

とえり子が言った。

「そういうことだったの」

と。

「私はもう用済み？」

もちろんそれは一週おきの土、日の役割のことを指す意味だけではなかった。

高崎は考えた。

「そんなことないさ」と言うべきか、「そうだよ」と言うべきなのか。

「好き」「嫌い」や、「愛してる」「愛してない」や、「惚《ほ》れた」「腫《は》れた」を言って済むなら、答えはどんなに楽だろう、と。

「ご苦労様。ありがとう。ほら、幸太、春菜、えり子さんにお礼を言いなさい」

ずっと黙っていた有美子がそこで口を開いた。

「お礼なんて言わなくてもいいわ。あんたたちは何の世話にもなってないんだから。この人にお礼を言うのは、お父さんだけでいいのよ」

有美子は怒っていた。

怒りたいのはこっちのほうだ、と高崎は思った。

たしかにえり子を連れて来たのは悪かったことかもしれない。

しかし他に方法があったというのか。

「家に愛人を連れ込んだら、誰だって怒るわよねぇ」

えり子が笑った。

その笑顔に高崎はびっくりした。

「お風呂に入りなさい。ママ、今日はずっといるから。お風呂の間にごはんを作るわ」

有美子はそう言ってこどもたちふたりを連れて上がった。

「なんだかややこしくなったみたい。ごめんね。私、帰る」

えり子はそう言った。

「今日のところは」

高崎のその言葉に二階から声が聞こえた。

「何が『今日のところは』、よ。話をするのは、今日しかないじゃないのよ。ごはん食べて行ってもらいましょうよ」

風呂に湯を張ったらしい有美子は階段を駆け降りて、物がいっぱい入っている冷蔵庫を開けた。

「十五分で五品は作りますから」

有美子は高崎にそう言った。

そしてあっと言う間にたっぷり水を入れたスパゲッティ用の深い鍋を電磁調理システムの上に載せ、ワインセラーの中から白ワインを出して、キャビアの瓶《びん》の蓋を開け、クラッカーとチーズを出した。

「ちびちびやってて」

栓《せん》抜きを渡されたえり子は黙ったまま、ワインのコルクを開けた。

そしてグラスに注いだ液体を一気に飲むと、

「私もお手伝いします」

と台所の有美子に向かって言った。

恐ろしいことになった、と高崎は白ワインを飲みながらそのふたつの背中を眺《なが》めていた。

4

有美子はスパゲッティ・カルボナーラをあっと言う間に五人分作ったと思ったら、こどもたちを呼び寄せて、食べさせた。

「いい？　ごはん、食べたあと、ゲームは一時間だけよ」

そう背中を向けたまま言ったと思ったら、茹《ゆ》でたワタリガニをトマトのソースで和《あ》えた。

トマト・ソースにはタカノツメが入っているので、こどもたちに、

「気をつけなさい」

と付け加えるのも忘れなかった。

「ビシソワーズ、作れますか？」

有美子の言葉に、ええ、とえり子はうなずいたが、高崎はあやしい、と思った。

えり子は黙ってドレッシング・ソースを作ってサラダを出し、ジャガイモをフード・プロセッサーにかけた。

二人は明らかに争っていたが、「それは俺を奪うことを競って、ではない」ということくらい高崎にはわかっていた。

二人が奪うことを競っているのは、この家だ。

俺のものですらないこの家だ、と高崎は思った。

有美子はこの家を憎みながら、えり子はこの家にあこがれながら、それはまったく違うようであってまるで一対《つい》の何かのように同じくらいの強さで、そこに存在している。

それは違う方向に向かっているベクトルがうまく釣り合っているようにすら見える。

妻とまったく違うタイプの女だからえり子のことを面白いと思ったのに、これではほとんど同じではないか、と高崎は二人の姿を見つめた。

こどもたちは風呂上がりでまだ髪が濡れている。

母がいることで安心しているのだろう、こどもたちはいつもよりたくさん食べた。

幸太はひとりでいろいろしゃべった。

テレビのことが多かったが、春菜とも話が弾《はず》んでいる。

二人は口のまわりをトマト・ソースで真っ赤にしてしゃべっていたが、急に春菜がペーパー・ナプキンを取り出して兄に渡した。

「汚れると叱られるよ」

と声には出さなかったが、春菜は自分の口のまわりも拭《ぬぐ》いながら兄に目でそう言った、と高崎は確信した。

この子たちは今までも秘密の言葉で黙ったまま、たくさん会話していたのだろうか。

自分はまったく気がつかなかった。

お互いに監視しあって汚れを発見し続けていたのだろうか。

少し恐ろしくなって、高崎はあらためてこどもたちを見つめた。

こっちの家に来て二人とも部屋を散らかさなくなったし、親の言うことをよく聞くようになって良かった、と思っていたのに。

「汚したっていいわよ」

言ったのはえり子だった。

「また見学の人が来るまでに二週間もあるんだもん。それに」

「それに？」

ときいたのは、腰をかがめながら大型オーブンに肉を入れた有美子だった。

有美子がこのオーブンを使うのを高崎は初めて見た。

「そんなにたくさん作っても食べ切れないよ」

高崎の言葉は完全に無視された。

フライパンでソースを作り始めた有美子は赤ワインの栓をえり子に開けさせた。

「ホステスだからって、栓ばっかり抜かさせないでよ」

冗談なのか本気なのか、そう言うえり子の手から赤ワインを取ってフライパンに少量、流し込んだ。

「これも飲んで」

そう言ったあと、

「へぇ、やっぱりホステスだったんだ」

と有美子は言った。

手は一時《いっとき》も休まることは無い。

「ごちそうさま」

こどもたちは立ち上がった。

「ママ、いるでしょ?」

「いるわよ。もちろん」

「じゃあ、ゲームしてくる」

「ママ、春菜と寝てくれる?」

「いいわよ」

はしゃいで階段を上がるこどもたちの足音を聞きながら、

「さっきのそれに、ってなに?」

と有美子はえり子に向かって言った。

「忘れた」

えり子は言って、椅子にすわった。

もう食べる気らしい。

野菜を軽く炒《いた》めたあと、有美子もすわった。

久しぶりに有美子が有美子の席にいる、と高崎は思った。

有美子がそこにいることなんて当たり前のことで、それを特別の意味で見ることなんて無かったのに、と。

「ね、あなた、この人が好きなの？」

この人、と顎《あご》で有美子は高崎を指した。

「ええ」

えり子は言った。

ちょっと酔っているためか深刻にならずににっこりしたのがえり子らしい、と高崎は思った。

「なんで？」

有美子はワインをぐびぐびと音を立てて飲み、カニと格闘しながらきく。

「よせよ」

「あなたにはきいてないの。私はこの人、何だったっけ、名前？」

「あっ、えり子です」

「えり子さんにきいてるのよ」

「優しいから」

えり子はすかさず言った。

「優しいのよね、この人は。でもこれは弱いのよ。相手への愛情からじゃなくて、トラブルを回避したいからとりあえず相手の意見を飲むのよ、この人。でも私はそれが好きだったな」

「上げたり下げたり、どういうことだ」

そういう高崎もずいぶん酔って来ていた。

「だって正直な話だもん。ふだん、あなた忙しくて私の話なんか聞いてくれなかったじゃない」

ほんのり赤い有美子はやはりきれいだ、と高崎はこの場では関係ないことを考えた。

「よく聞いてたよ」

「あれがよく聞いてたなら、角のパン屋のおじさんだって私の話をよく聞いてくれてたことになるわよ」

有美子は大きい、と高崎は思った。

体の大きさではなく、人間の大きさがもしかしたら大きいのではないか、と。

えり子が小さく見える。

えり子は笑っているのに。

「この人、気が弱いのに、私と結婚する前後ははりきってなんだか別人みたいに頑張《がんば》ってたわよ」

「つまらない話をするな」

という高崎の言葉を遮《さえぎ》ったのは、えり子だった。

「えっ、どうしてつまらないの？　私、それを聞きたいわ」

有美子は結婚する前後の話をカニを食べながら続けた。

「この人、ほか弁屋さんで私のノリ弁当を取ったのよ」

ＯＬだった有美子が昼に同僚の分、ノリ弁当と幕の内弁当と唐揚げ弁当との三つを頼んでいたのを少し遅れてまったく同じ三つのメニューをやはり友人に頼まれて買いに来た高崎が持って帰ろうとしたのだ。

「すごく謝ってはくれたんだけど。最初は失礼な人だと思ったけれど、しょっちゅうそのお弁当屋さんで顔を合わせるようになって、私、あんまり失礼な人見たことなかったし、結構、いいなと思ったの。あなたはどうやって知り合ったの？」

「ふらっと店に来たから」

えり子もカニを食べながら言った。

「俺、もう風呂入っていいか？」

高崎は言った。

「もう食べ終わったの？」

有美子の問いかけに高崎はうなずいて階段を上がった。

5

高崎が二階に上がったときに、幸太はゲームの中で「ゾンビ」になっていたが、春菜はうつらうつらしていた。

「寝るならベッドに入りなさい。春菜」

高崎の言葉に春菜はむにゃむにゃ言いながら、

「ママ、来るまで待ってる」

と言った。

「ママ、いつになるかわからないよ」

高崎はそう言ってシャワーだけを浴びることにした。

ついているのか、ついていないのかわからない。

自分が平凡な男だということはわかっている。

少年野球のときから内野は守らせてもらえなかった。クラスの代表、というものにもなったことはない。勉強で目立つことも習字や絵が廊下に貼《は》りだされたこともない。そこそこの大学に滑《すべ》りこんで、そこそこの会社にもぐりこんだ。

なのに妻だけが豪華だった。

それからはいい人生ではないか。

浮気はちょこちょこしたが、それだって長引くものはなかった。

この家に住むことになったのも、ラッキーだった。

ここ何週間も妻がいなかったのに、うまく乗り切って来た。

そして妻と愛人は険悪にならず歓談している。

いいことではないか。

シャワーの音の向こうに微《かす》かに有美子の声が聞こえる。

こどもたちを寝かしつけているのだ。

「春菜、抱っこしてあげるから、幸太もいつまでもゲームばっかりしないで自分でお部屋に行って寝なさいよ」

何回も何十回も聞いたなんでもないせりふを高崎は今、うっとりと聞く。

この家での生活はみんなでやっていた猿芝居だと有美子は言ったが、それでも確実に毎日の生活がここにあったではないか。

パタンパタンとドアが開いて閉まる音がする。

えり子はまだ下にいるのだろうか。

えり子は自分を好きだと言ってくれた、そのことは正直、嬉しかったし、えり子はそれなりにいい女だから残念だが、有美子に戻ってもらう条件としてはもちろん別れることになるだろう、と高崎が思ったときに、外から声がした。

「あなた、私、えり子さんと話し合いました。私はあなたに言いたいことも言ったし、なんだか今すっきりしてるわ」

「それは良かった」

シャワーでシャンプーを流しながら、高崎は返事をする。

「この家のこともあるし、こどものこともあるし、あなたの仕事のこともあるから、また話し合わなくちゃならないけど、とりあえずしばらくはえり子さんと私のどっちかが交替で土日、ここに来るようにするわ。でも」

「でも？」

シャワーを止めて高崎はたずねた。

「私も偽の妻だと思って扱ってね。私は幸太と春菜の母親だけど、あなたの妻はやめたいから」

「やめるってどういうことだ？」

ふふふ、と笑うような声で有美子が言う。

「離婚となると大変だから、当分、えり子さんみたいな偽妻でいいわ。えり子さんにもきいてみたらえり子さんも、あなたと結婚したくない、だけどこの家が好きだから、偽妻でいいって」

いったいどういうことなのだろう。

高崎はあわてて体を洗い流し、バスタオルで体を拭《ふ》き、着替えて下に降りた。

仲良くはしゃいだ笑い声が階段まで聞こえて来る。

「えっ、じゃあ有美子さん、水商売の私より全然もてるんじゃないですか」

えり子の声がした。

有美子が「もてる」、ってどういうことだろう。

有美子はもしかして他に男がいるから家を出た、ということなのだろうか。

「たいしたことないわよ。あなたみたいに何人もは並行してできないもん」

何人も、とはどういうことだろう。

えり子にはやはりたくさん男がいた、ということなのだろうか。

いったいどういうことなのだろう。

俺に二人の女がいた、という話ではないのか。

自分は二人の女が所有しているひとりということなのだろうか。

高崎は震える足でダイニングに降り立った。

「あら、あなた、まだ飲むの？」

偽妻たちが同時に声を出した。

当て馬

1

犬なのに馬なのだ。

人なのに馬のときもある。

そして当て馬なのに、「メス」のときもある。

『当て馬　1）牝馬《ひんば》の発情の有無《うむ》を調べるために、仮にあてがう牡馬《ぼば》。試情馬。2）相手の出方を探るために、仮に表面に立てる人。「当て馬候補」』。

そう大辞林には書いてある。

池田菜摘《いけだなつみ》はメスのダルメシアンのウィンピーという「当て馬」を連れてドッグショーの会場に立った。

ダルメシアンというのは、ディズニー映画『101匹わんちゃん』で有名な、白い体にコイン模様《もよう》の黒いぶちがあるスポーティーな容姿の犬である。

ドッグショーというのはその犬種ごとに予選があるので（それぞれベビーやパピーなどの年齢別や性別に分かれた予選があるのだが）ダルメシアンのようにあまり頭数が出て来ない犬はたった一匹で参加するはめになることがある。

小さな戦いが何度か繰り返されてポイントを集めていき、あちこちで行われるショーにこまめに出てそのポイントがある点数になってそれを所属団体に申請するとチャンピオンということになるのだが、一匹しか出ないとなると勝ち負けがつかないのでポイントが生じない。

　そういう場合、苦肉の策として「当て馬」を出すことになる。

　ダルメシアンなら同じ性別で同じ年齢くらいのダルメシアンを自宅で二匹以上飼っていれば、それ（ただしどう見ても本命より劣《おと》るもの）を出すのが一番いい方法なのだが、それがいない場合は苦肉の策として知り合いに頼むのだ。

「お宅に一歳未満のメスのダルメシアンであまり良くないのいない？」

　藤島佑実《ふじしまゆみ》から菜摘に電話があったのは先月のことだった。

　佑実と菜摘はトリマーの養成学校で同期だった。

　特別に仲がいいわけではなかったが、三十も過ぎてみんなが結婚し退職していく中、仕事をしている知り合いがだんだん少なくなってきたので、最近ではいろいろな交流が増えた。

　半年前、顧客に頼まれてオスのケアンテリアを出陳したときにやはり一匹しかいなかったので、佑実の知人に同じ年頃のケアンテリアを貸してもらったことがあるのだ。

　犬だけ渡せばいいことなのだが、ウィンピーのことがなんとなく心配だったので、菜摘が自らこのドッグショーに連れてくることにした。

当て馬になるくらいだから、本命より良くないのは決まっている。

ウィンピーは悪い犬ではなかったが、少し脚が悪いのだ。

少し後足を引きずるような感じがするだけで、素人が見たらほとんどわからないが、プロが見ると歩様が駄目、ということになって負けることは決まっている。

菜摘も、ダルメシアンのようなトリミングの練習にもならない短毛の大きめの犬を飼う必要はなかったのだが、勤めているペットショップで金網に足を挟んだ子犬のダルメシアンを何度か獣医に連れて行っているうちに、情がわいて手放せなくなった。

それで売り物にならなくなったダルメシアンを店主から譲り受けたのだ。

「ウィンピー」と名付けたのは、ハンバーガーが何より好きだからである。アメリカのマンガ『ポパイ』に出てくるハンバーガー好きの男からその名をとった。

飼ってみるとウィンピーは頭が良くて人懐《なつ》っこい、飼いやすい犬なので、サイズが大きいことも気にならない。

自分にとっては可愛い飼い犬を「当て馬」にするのはしのびないが、借りがあるので仕方ない、と自分に言い聞かせながら菜摘は会場を歩いた。

どこの世界に「この子はブスです」「この子はバカです」と人前で決めてもらいたい親がいるだろう。

しかし自分のやっていることはそういうことなのだ、こういうことも自分の仕事のうちなのだ、と菜摘は散歩のつもりでしっぽを左右に振ってついてくるウィンピーを上から眺めながら思う。

「美人コンテスト」については菜摘は何も思わない。

それどころか、中南米のコスタリカやジャマイカなどの「ミス」が出てくるとテレビの画面に釘付けになってしまう自分を発見して驚くくらい興味がある。

しかし幼女殺人事件があって、アメリカで有名になった「美少女コンテスト」は吐き気がするほどいやだった。

いくら親が、

「本人が出たがっているのよ。本人もダンスのレッスンが大好きなの」

などと弁解しても、そしてそれが事実だったとしても、そこにはいやな感じがのこる。

彼女たちは、親の意をくみ取っているのに違いないからだ。

しかし成人女性の「美人コンテスト」は自分で望んで出場するものだから、ダイエットしようが、美容整形をしようがそれはいいではないか、と思うのだ。

犬は決して自分でコンテストに応募はしない。

ただそこに連れて行かれ、ただそこでくるくると引っ張られ、そして自分も知らないうちに価格が上がっていたり、飼い主の名誉になっていたりするのである。

こどものときから犬が好きでシャンプーやカットをする仕事につきたいな、と思ってこの世界に入った菜摘だったが、ペットショップに勤めているうちに、シャンプーやカットよりも、子犬を販売するほうが儲《もう》かるのだ、ということがわかった。そして「チャンピオン」というタイトルをとった犬のこどもが、より高い値段で売れる、ということもわかった。

そうなってくるとやはりコンテストのようなものにかかわらずにはいられないのだ。

競走馬の馬主はきっと馬が好きなのだろう。ジョッキーも厩舎《きゅうしゃ》の係員も馬が好きなのだろう。好きなものを鞭《むち》で叩いてお金を賭けることになっても、彼らは馬が好きなのだろう、と菜摘は思う。

大好きなものがあって、職業としてその世界に近づいて飛び込んだら以前には見えなかった意外な風景が見えることがある。

ソムリエの世界にも本当のワイン好きだったらたまらない、いやなことがあるのだろうし、こどもが好きで保母になったとしてもつらいことがあるのだろうし、本が好きでも出版の世界には好きなだけでは割り切れない、いろいろなことがあるのだろう。

そこも含めてその仕事を続けるということが愛情なのだろうが、動物の場合はただひたすら一心に人間のことを信用しているのがたまらなく哀《あわ》れである。

でもどんなにウィンピーが駄目な犬でも私が可愛いと思っているんだから、彼女は幸せだわ、と菜摘は思い直した。

どんなに立派なチャンピオン犬でも飼い主の愛情をもらえずに投機の対象にしかならない犬たちよりはずっといいのだから、と。

負けるために今日はウィンピーのシャンプーもせずに会場にやってきた。

佑実のいるあたりのブースを眺めると、佑実の連れて来たダルメシアンは、白い地肌がいっそう白く輝くように粉をはたかれ、黒いところは水のついた布で拭《ふ》かれて、いっそう柄《がら》が浮き立ち、遠目にもずいぶんきれいに見えた。

佑実も犬だけをひきたたせるための黒いスーツである。

「くるっと何回かあそこをまわって帰ればいいんだからね」

菜摘はウィンピーにそう話しかけながら、帰りにはドライブスルーで大好物のハンバーガーを買ってやろう、と考えていた。


リンクの手前で菜摘とウィンピーを見つけた佑実は、ありがとうの意だろうか、手を合わせるふりをした。

菜摘はわかった、と軽くうなずいた。

審査員はリンクの真ん中にいる見たことのない中年男である。

こんな一目瞭然の闘いでもリンクをまわらねばならないのは時間の無駄だ、と思いながら菜摘は少し汚れて地肌が灰色に見えるリードをひっぱった。

ウィンピーは脚は悪いが、歩くのは大好きなので嬉しそうについてくる。

背後に佑実と彼女の連れているダルメシアンの気配を感じながら、菜摘は二回ほどリンクをまわった。

審査員は体型も見なくてはならないので、ウィンピーの体を触《さわ》った。

ウィンピーはおとなしく、唇をめくられて歯並びも見られた。

佑実の連れていたダルメシアンは一瞬、いやがってその場を退《しりぞ》いた様子だったが、すぐに何事もなかったようにおさまった。

「もう一回だけまわって」

と審査員に言われて、二組はもう一度リンクをまわった。

すると信じられないことが起こった。

審査員は菜摘とウィンピーに手をあげたのである。

「えっ？」

声を上げたのは佑実も菜摘も同時だった。

菜摘が驚いて振り向くと、自信満々の笑顔を浮かべている審査員が見えた。

佑実と一瞬、目があったが、佑実も驚いたようにそのまま凍りついている。

そしてそのまま、オーナーらしき長身の男の元にダルメシアンを連れて行った。

菜摘も何と声をかけていいのかわからなかったので、その場を立ち去ることにした。慰《なぐさ》めるにしても言葉が思い浮かばなかったからである。

菜摘がウィンピーを車に乗せようとしていると、菜摘の勤めている店のオーナーである宮野《みやの》夫婦が現れた。

「見てたわよ。すごいわね」

宮野夫人に声をかけられてどうしていいのか、わからなかった。

「もう帰るの？　せっかく勝ったんだからこのまま上にどんどんあがってどこまで勝ち進むかやってみればいいのに」

宮野は半分からかっているのか笑いながらそう言った。

「よしてくださいよ。この子はただのペットだし、それにあれですから」

「ああ、脚？　だけど歩いてるときはもうほとんどわからないね。歩様も確かだし、それにね、俺このあいだ、たまたまその子の血統書が出て来たのでびっくりしたんだけど、両親ともアメリカ・チャンピオンなんだよ。何匹かまとめて仕入れてよくわからずにお金を払ったから気づかなかったし、ほら、すぐに怪我《けが》してあなたにもらってもらったから調べもしなかったけど、あのあと売り主から血統書が来たんだ。でもまああなたがペットとして飼ってるんだから、血統書も必要ないかなと思ってあんまりちゃんと見なかったんだ。

だからいい犬なんだよ。ダルメシアンっていうのは真っ白で生まれて来てだんだん斑点が浮いてくるから難しいけど、その子はすごく良い犬になったよ。だからあの審査員はなかなかの目利《き》きだよ。あなたさえその気になれば日本一のダルメシアンにだってなれるかもしれないよ。今、売る、っていうことになれば結構、いい値がつくんじゃないのかなぁ」

「そんなあ、信じられませんよ」

菜摘の言葉になおも宮野は、

「じゃ、来週、店で血統書、渡すから」

と自信満々で言った。

信じられない気持ちで家に戻った菜摘は、会場でゼッケンを返すときにもらったポイントをテーブルのうえにおいた。

途中のドライブスルーで買って来たハンバーガーをウィンピーと一緒に食べた。

もらってもしょうがないポイントを捨てるかどうか眺めているときに、佑実から電話があった。

リンクを出るときに気まずいまま別れたが、受話器から明るい声が聞こえてきたのではっとした。

「なんかごめんね」

菜摘は自分のせいではないのはわかっていたのだが、なんとなく謝ってしまった。

佑実は今日のダルメシアンはお客さんからの預かり物だったのだ、と説明したあと、

「謝ることとなんてないわよ。あなたの犬、良かったもん」

と言った。

口のまわりにハンバーガーのソースがついたウィンピーをあらためて眺めながら、

「そうなのかな」

とまだ信じられない気持ちでいた。

いい犬かどうかも考えず、ただ商売物にならないから、という理由で飼い始めただけなのでよくわからなかったのだ。

「それでね。私にあのダルメシアンを預けているオーナーがあなたのウィンピーを是非《ぜひ》、譲ってほしい、と言っているんだけど。お金はいくらでも出すからって」

佑実の申し出を菜摘はあわてて断った。

ウィンピーは本当にただのペットとして飼っているのだし、気づかなかったかもしれないが、脚が悪いのだ、と付け加えた。

「じゃそれをあなたの口から言ってくれないかな」

「どうして？」

「いや、そのオーナー、会社経営してて結構ハンサムの独身男性なんだけど、あの会場であなたのこと気に入っちゃったみたいなのよね。私にはっきりとは言わなかったけど、なんとなくわかるから。知り合っておいて損にはならないから、犬のことは別としても会ってみてくれないかな。いい人よ。犬以外に趣味はないし。菜摘、今、誰とも付き合ってないんでしょ?」

まくし立てるようにそう言われて、

「うん」

と返事はしたものの、菜摘はなんだか気が重かった。ウィンピーのことはもちろん売るつもりなんかなかったし、たしかに自分はべつに恋人もいないが、特に今は寂しいとは思わなかったからだ。

「じゃ、セッティングしたら連絡するね」

佑実の言葉だけが菜摘の耳に響いていた。

2

何を着ていっていいのかわからなかったから、菜摘はドッグショーから二週間たったその日、黒の地に小さな花が散っているワンピースを着ることにした。

セッティングされて誰かに会うということなんて今までほとんどなかった。

高校を卒業して専門学校に入ったが、授業が終わったあとに近くのペットショップでアルバイトをしていたので、コンパというのもあまり経験しなかった。

専門学校を卒業したあと独立した友人の中には、お客さんとの付き合いもあるのだろうが、それからもずっとペットショップの店員として過ごしてきた菜摘には関係のないことだったのだ。

何度か高校時代の同級生や仕事先で知り合った人などと交際もしたが、犬を連れて結婚することもできず、ぐずぐずしているうちに三十歳を過ぎた。

結婚したい時期もあるにはあったが、この年になってしまえば、べつに人間は結婚なんてしなくてもいいのではないか、と思うようにもなった。

そんな矢先に佑実の誘いである。

あの会場に自分を見つめていた人がいたなんて菜摘には想像もつかなかった。

何しろあの場面では菜摘とウィンピーは目立ってはいけないので、地味に地味に振る舞っていた。

とにかく佑実と彼女が連れている犬が目立つようにとばかり思っていたから、知り合いを探すこともしないで、さっさと帰ったのである。

「とにかくウィンピーのことは断りにいくから」

菜摘はそう返事してやってきた。

指定された居酒屋は照明が暗くモダンな感じで、居酒屋というよりバーのようだった。

案内された席は掘りごたつのように、畳には穴が空いていた。

「あら、ごめんね。わざわざ来てもらって」

佑実が菜摘を見上げて言った。

「ううん。でも大丈夫なの？　ポイント取れなくて」

「大丈夫よ。ドッグショーはいくらでもあるもん」

佑実は今日は華やかな朱色のショールを巻いて来たらしく、それを膝のうえに載せている。

佑実は今はダルメシアンだけではなく、ウィペットやイタリアン・グレイ・ハウンドなどのスポーティーな犬を扱っているらしい。

「こういうところよく来るの？」

菜摘の問いかけに首を振り、

「ううん。預かっている犬も今、六頭いるから朝早く起きて運動しなくちゃならなくて。夜遊びなんか全然、できないのよ」

と佑実が言ったときに、ボーイが現れ、続いて長身の男性が現れた。

男は杉山政貴《すぎやままさき》、と名乗った。

イタリアやフランスなどからおしゃれな蛇口やバスタブやシャンデリアなどを輸入する会社を経営しているらしい。

「あんなやつもむこうではそんなに高くないんですよ」

と店の奥にある豪華な縁取《ふちど》りがついた鏡の説明をしながら言った。

「むこうでうろうろしているうちに犬にはまっちゃって」

杉山は最初の妻はスペイン人だった、と言った。

そして日本に帰って来てからは仕事が忙しくて恋をする暇もなく、ただ犬を飼うだけが楽しみだ、とも言った。

そんなヨーロッパ帰りの男が自分を見初《みそ》めるはずはない、と菜摘は思った。

菜摘は特別に自惚《うぬぼ》れもしないが、たいして卑下《ひげ》もしない普通の人間だと自分のことを思っている。

一度だけ、どんなものだろう、とシャネルのブティックに入り、バッグを手にした自分を鏡に映して見て、すっかりあきらめたくらいの冷静さが自分にあるのを知っている。

だから佑実の言っていることは間違いなのだ、と思った。

杉山は美男ではないが、話していて本当に感じのいい人間である。

こういう人はどんな商売でも成功するだろうな、と菜摘は思った。

そんな人が自分のことを好きになるわけはないし、ウィンピーのような中途半端な犬が欲しくて糸目をつけずに金を出す、と言っているというのも変な話だ。ビールを飲みながら比内鶏《ひないどり》の焼き物を食べているうちに気づいた。

ああ、自分は「当て馬」なのだ、と。

佑実は彼が好きなのだ。

そして何とか飲みに出たいが、客を誘うわけにもいかず、ダルメシアンの話をからめて今日の段取りになったのだ、ということがわかったのだ。

そういえば杉山が現れたとたん、佑実の声は半音高くなった。

それに急に頰《ほお》が色づいたのもビールの酔いのせいだけではない。

適当な時間にうまく失礼しよう、と菜摘は思った。

それに出掛けに餌《えさ》は与えてきたし、無駄吠えする犬ではないが、部屋に一匹だけ残して来たウィンピーのことも気になる。

デザートのバニラアイスクリームの大納言あずき添えを食べて、玄米茶を飲んだあと菜摘は、

「じゃあ、私はこれで」

と立ち上がった。

どっちみち「ウィンピーをくれ」という話題は杉山からは出なかったし、ヨーロッパの話題ばかりで、べつにこの場に自分がいようがいまいが関係ない気がしていたからだ。

「あれ、もう帰っちゃうの？」

酔っているからなのかその服のせいなのか、いつもより少し華やかな印象の佑実が心から残念だ、という声を出したので、菜摘は驚いた。

「うん。犬が気になるし」

「犬が気になるのはみんな同じじゃないですか」

杉山の言葉にそれはそうなのだが、と菜摘は妙な納得をしたが、それでも意を決して帰ることにした。

ひとりでばりばり仕事をやっていきたい、というのが口癖だった佑実だが、杉山とならばうまくいくだろう、と菜摘は思った。

犬はいくらでも飼っていいんだし、何よりお金があるらしいのだから。自分にそういうことが起きないのが、少し残念な感じもした。

悔しい、というのとはちがう。

当て馬に使われたことはいい気持ちはしなかったが、肝心のドッグショーにはウィンピーが勝ってしまって申しわけない感じがあったので、このくらいの埋め合わせはしょうがない、という気がした。

あわてて帰ってドアを開けたら、ウィンピーが千切《ちぎ》れんばかりにしっぽを振って現れたので、やはり早く帰って来て良かったな、と菜摘は思った。

「からかってるんですか？」

七回目の電話のとき、菜摘はちょっと強い調子で言った。

あれから毎晩のように杉山から電話がかかってくるようになったのだ。杉山が自分のことを好きになるなんてやはり信じられないし、この年になるとそんなドラマみたいなことが起こるわけはないのは自分がよく知っているからだ。

朝、起きてあわててウィンピーの散歩に行き、そのまま朝食もとらずに店に直行してトリミングをして、昼過ぎの手がすいたときに菓子パンなどを食べ、夜遅くまで働き、またあわてて家に帰り、ウィンピーを連れて河原で走り、深夜にコンビニで買った鍋焼きうどんや弁当を食べる。

具体的に考えると情けない毎日かもしれないが、こなさなくてはならないことがたくさんあると、そんなことさえ気づかずに日々はどんどん過ぎていくのである。

「どうして俺って信用ないのかなぁ。そんなに遊んでいるように見えましたか？」

杉山はとうとう独り言のようなあきれたような声を出した。

「いや、そういうわけではなくて」

あなたが私のことなんか本気で相手にするなんて信じられないんです、それに本気じゃないとしたら傷つくのがいやなので、と言葉にしようとしてもそんなせりふ、自分のコンプレックスを告白するようで言えるわけもない。

菜摘は、わかりました、お会いしましょう、と言った。

「そのかわり日曜の朝、犬を連れて河原で」

と。

断られるだろうな、と思いながら提案した条件だったが、

「もちろんいいですよ。じゃあ、フリスビーも持って行こうかな。うちのはすごくうまいんですよ」

と杉山はあっさりと嬉しそうに言った。

3

杉山は本当に犬好きらしく連れて来たダルメシアンのダーマを本当に可愛くてたまらない、といったふうに眺めていた。

杉山と河原のベンチにすわってフリスビーを投げ、持ってくる犬の姿を目で追っていると、同じ動物が好きな人間に金持ちも貧乏人も社長も労働者も男も女も何もないような気が菜摘にはしてきた。

べつに男女として交際しなくても、佑実の客だとか、佑実が好きな人だということを関係なくしても、ただこうやって時々、日曜の朝に犬の運動をしにくるだけでも杉山と会ってもいいではないか、と菜摘の気持ちも変化して来た。

そして杉山もべつに性急に何をどうしたい、というのもなさそうだったので、杉山とダーマ、そして菜摘とウィンピーはほとんどの日曜の朝にこうして河原で一緒に会うことになった。

そのうち自然な流れでふたりで夜、デートのようなものもするようになったが、結局、どちらも犬のことが気になるので、いつも犬を連れてどちらかの家に行くことになった。

杉山の部屋は調度品はやはりイタリア製なのか、センスのいいものが並んでいたが、会社を経営しているわりには特別大きくも豪華でもないマンションの一室だった。

理由をそれとなくきいてみたら、

「大きな犬を飼ってもいいというマンションがこのあたりにはここしかなかったから」

というもっともらしい答えが返って来たので、菜摘はそれ以上は杉山にきかなかった。

ふたりの関係が近くなっていくに従って、ダーマとウィンピーもメス同士ではあったが本当に仲良くなり、姉妹のように斑点をくっつけあいながら眠るようになった。

そしてある夜、ディズニーの『101匹わんちゃん』のアニメ版を見ているときに杉山が言った。

「あんなふうにしないかな。ダーマとウィンピーは一緒にいたいみたいだし」

と。

それは冴《さ》えないピアニストのロジャーが飼っているオスのダルメシアンのポンゴが、パディータというメスのダルメシアンをロンドンのとある公園で見初め、ポンゴがパディータを追いかけているうちに、その飼い主のロジャーがパディータの飼い主であるアニタという女性と結婚して始まる物語だった。

「たしかに嬉しいけど……」

と菜摘が少し言い淀《よど》んだのは杉山に不満があるからではなかった。

それどころか嬉しかった。

しかしやはり菜摘の心には佑実のことがあったのだ。

恋愛は個人の自由なので、誰が誰を好きになってもしかたがないことだとは思う。

だがこのあいだのドッグショーのこともあるので、今、杉山との結婚のことを発表するのは少しはばかられたのだ。

杉山にそれとなく佑実のことをきいてみたりもしたのだが、特別、何があるわけでもなくただ知り合いのペットショップのオーナーとその客だった人という付き合いらしい。

しかし確かめたわけではないが、佑実の気持ちは違うと菜摘は思う。

そんな負い目を抱く必要もないのだが、佑実のセッティングしたものを全部、自分が取って行くかたちになっているのが気に掛かるというか、佑実の頭の中では「当て馬」としてあるはずの自分がいつも彼女のおかげで良い目にあっているのが申しわけない気持ちだった。

たしかにあのドッグショー以来、「菜摘のハンドリング（犬を引いてショーのリンクをまわること・それを専門の仕事にしている人をハンドラーと呼ぶ）はうまい」とか、「菜摘は素晴らしいダルメシアンを安く買った目利きらしい」とか、業界では過分な評価を受け始めたのも事実なのだ。

佑実は露骨にライバル心を表すような頭の悪い人間ではないが、自分の噂は聞いているはずなのできっといい気持ちはしていないだろう、と菜摘は思った。

それでも双方の両親に報告して結納《ゆいのう》と結婚式の日取りが決まった日、菜摘は佑実に報告することにした。

わざわざ会うほど仲良くもなかったので、休みの日に電話をすることにしたのだ。

「あらそう？」

電話口の佑実は拍子抜けするほど明るい声で、

「仕事でしかお会いすることはないけど、なんとなく杉山さんの態度でわかったわ。やっぱり付き合ってたのね。初めて会ったときから杉山さんは菜摘が好きだ、って言ってたからね。良かったわ」

と言った。

どうやら「当て馬」であの夜、あの居酒屋に呼ばれた、と思ったのは自分の思い過ごしだったらしい、とようやく菜摘が納得したころ、佑実がちょっと気になるんだけど、と心配そうな声で言った。

「杉山さん、経済状態があんまり良くないって噂で聞いたんだけどそんなときに結婚して大丈夫なの？」

「さあ、仕事のことはあんまりきいてもわからないからきかないんだけど、あんまり変わらないと思うわ」

菜摘は言った。

今は景気のいいときではないので、どこも苦しいことは苦しいのだろう。

菜摘の勤めているペットショップだって、あんまり良くはない。

「そう、それならいいけど……。私の言ったことはただの噂で聞いたことだから、べつに気にしないでね。おめでたいときにごめんなさい」

佑実は電話を切り際に何度か謝った。

きっと佑実は妬《や》いているのだろう、と菜摘はそのとき思った。

　佑実が言ったことが事実だとわかったのは、結婚したあとすぐだった。

「急に仕入れの資金が入り用になったから、立て替えてくれないか」

　と杉山に何度か言われ、菜摘は百万単位の金をそのたびに立て替えたのだが、だんだん返ってこなくなった。

　夫婦なのだからそのくらいはしょうがないな、それ以外は申し分のない優しい夫なのだから、とはじめのうちは考えていたが、まったく夫の商売にタッチしていない菜摘にもだんだん支払いが焦《こ》げ付いてきた感じがわかるようになった。

　そしてある日、

「裁判所に明日、破産を申し立てるから」

　という夜を迎えたのである。

「破産を申し立てるとどうなるの？」

「認められるまで時間がかかる」

　住むところも移らなくてはならない、と杉山は表情を変えずに言った。

　そして、

「もう犬は飼えないよ」

　と他人事のように言ったのである。

　菜摘は信じられなかった。

どんなに切羽詰《せっぱつ》まっても「犬は飼えない」などと杉山が言う日がくるとは。

「俺を取るか、犬たちを取るか、だ」

「そんな……。私たちがこうやって知り合うことができたのもこの犬たちのおかげだし、私の仕事は犬を扱うんだから、飼っていてもかまわないでしょう？」

菜摘はそう泣きながら言った。

どんなに貧しい暮らしでも、どんなボロアパートでも自分はかまわない、ただこのダーマとウィンピーだけは手放したくないのだ、と。

「そんな余裕のあることはもう許されないんだよ」

まだわからないのか、といったふうに、淡々と杉山は言った。

「小型犬じゃないんだから、どこでも飼えるものではないのはきみだってわかるだろ？また経済状態が良くなったときに買い戻せばいいじゃないか」

そういう杉山の言葉に菜摘が納得できたのはそれから十日もたったころだった。まるでその納得を見越したように佑実から電話があったのだ。

「杉山さんから話があったわ。少なくて申しわけないんだけど、ダーマとウィンピーの二匹で三十万円で買い取らせてくれる？」

と。

「ありがとう」

菜摘は佑実に礼を言った。

三十万でも今の自分と杉山にはありがたい限りだし、次に住むアパートは二間しかないのだ。

それを現実に見たら、さすがに菜摘ももうセンチメンタルなことは言えなかった。

翌日、さっそく佑実が二頭を引き取りに来たとき、菜摘は絶対に涙を流すまい、と決めていた。

いつかこの二頭を買い戻せばいいのだ。

とはいえ自分の貯金もすべて杉山の事業に注ぎ込んでしまい、まったく金はない菜摘だったが。

「よろしくね」

菜摘は二頭をしっかりと抱き締めた。

熱い柔らかい体を何度も撫でた。

4

離婚するまでに何度言い争いをしたのか、菜摘にはもう思い出せなかった。

菜摘は結局、信州の親元に帰り、地元のペットショップに勤めることにした。

家賃を自分で払うことが不可能だったからである。

たしかに杉山は優しくセンスのいい良い人間だった。

女を作るわけでもなく、ギャンブルをするわけでもない。

ただ犬が好きで妻にも優しく、誰にでも優しい。

そしてそういう人間は商売には向かないらしい。

「菜摘ちゃん、元気？」

前に勤めていた店のオーナーの宮野から電話があったのは菜摘が実家に帰ってしばらくしたころだった。

「ええ。元気ですよ。派手なことはないけれど、落ち着きます。料理も洗濯も母がしてくれて便利ですし」

離婚した菜摘が落ち込んでないかと心配してくれていたらしい。

「そう。それは良かった」

宮野の優しく懐かしい声を聞いていると菜摘は久しぶりにほっとしたような気持ちになった。

結婚から破産、離婚とたった一年半くらいで自分でも目まぐるしく信じられないことが起こって落ち着いた日などほとんどなかった。

「もう結婚は当分いいですよ」

菜摘が冗談めかしてそう言ったときに、宮野は言いにくそうに言った。

「聞いた？　菜摘ちゃんのウィンピー。チャンピオンになって転売されて結局、五百万の値がついたんだって」

「五百万？」

びっくりしたが、ウィンピーがその値段に見合う分、可愛がられればいいと菜摘は思い直した。

自分は二度と買い戻せはしないけど。

「あと、杉山さんは今度は輸入バスタブが当たってまた儲けてるらしい、って聞いたよ」

「そうですか。でももう私には関係ない人ですから」

菜摘は言った。

「落ち着いたら結婚したい、って言ってた。佑実ちゃんが」

「佑実が、ですか」

佑実はやっぱり杉山が好きだったのだろうか。

それとも最近の杉山に佑実が同情した、という話なのだろうか。

菜摘にはわからなかった。

「自己破産してやり直して大成功だし、犬は五百万になっちゃうし、佑実ちゃんはいいことばかりだね」

宮野の話に菜摘はうなずいた。それが最初からしくまれた話だとは菜摘は考えたくなかった。

「ちょっと順番を入れ替えただけなのにね」

菜摘はそう言って笑った。

たしか辞書に載っていた「当て馬」の意味の1）は「メスの発情を調べるためのオス馬の意」だった。

そういえば2）はなんだっただろう、と菜摘は考えた。

そうだった。

「相手の出方を探るために、仮に表面に立てる人の意」だった、と突然、思い出して、菜摘は宮野の電話を切った。

嘘恋人

1

ある程度、金がたまらないと誰も投資などは考えない。元手がないと増やそうにもどうにもならないからだ。

季実子《きみこ》が下手な詐欺にひっかかったのも元はといえば、少しまとまった金が手に入ったからである。

そのアルバイトは面白いほどよくもうかった。

朝、眠い目をこすってやっとの思いで出勤しなくてはいけないわけでもなく、夜、遅くまで残業があるわけでもない。

誰かの機嫌を無理やりとらなくてはならないこともなく、お世辞を言わなくてもいいし、いやな上司がいたり同僚との付き合いがあるわけでもないし、かといって裸にならねばならないわけでもなかった。

唯一の難点と言えば肩が凝《こ》ることだった。

ほぼ毎日、じいっとパソコンに向かっていると首や背中がパンパンに張るほどつらかったが、報酬の良さを考えればそんなものは我慢できた。

季実子の仕事というのはいわゆる「出会い系サイト」の掲示板に書き込みをすることで

ある。

『28歳・看護婦・新鮮なあなたにお注射してみたいで～す』『デパガ・24歳・割り切った交際を望んでいます』などと一件三十円で書くのである。

バカっぽいそれよりも最近はきちんとした文章のほうが引き合いが多いので気をつけるようにしている。

それから長い文章は好まれないので、年齢と職業以外に書くアピールは一行までに決めていた。

その書き込みにアプローチがあった場合、また返事を書く。その場合は一件十円が相場だ。

すなわち返事は書けば書くほど収入になるが、相手の男はこちらに会いたくてたまらないのでうまく引き伸ばす返事を書くのがまたテクニックを要する。

初めのうちは複数の携帯電話を持ち、電話からメールを送っていたが、画面の小ささに目がちかちかしてきたので今はパソコンから送っている。

それでも携帯電話からちゃんとメールを打っているように見せるソフトがあるので、ばれる心配はない。

『えっ、私、恵比寿《えびす》駅の大きなエスカレーターの下にいるんですけど見えませんかぁ？赤いジャケットです』などと明らかに嘘をついているときは胸が痛まないでもなかったがだんだんそれにも慣れて来たし、何しろ外に出ないで月収が五十万円を切ったことがないのはこの嘘のおかげなのだから、と季実子はいっそう張り切った。

最近の人気の主流は「熟女」であり、「人妻」である。

どのサイトを運営している人にきいても時流はそうらしいので、季実子も『まだこどものいない29歳人妻です。優しく甘えさせてくれる中年男性との交際を望んでいます』や『42歳・中学生の母です。お昼間に会える人、待ってます』などと打ち込むことが多くなった。

季実子自身はそういう出会いにまったく興味も関心もない。

こういうアルバイトにかかわっているうちに、みんないやらしいことばかり考えているわけではなく、ただ寂《さび》しいのだ、ということもわかってきたのだが、自分にとってこれはビジネスなのだ。

恋人と別れて半年以上が経過したし、このアルバイトを始めてからはほとんど外にも出ないので恋人ができる気配はないが、それでも「偶然に」すてきな人と出会えるのではないか、と自分が思っている節《ふし》があることに季実子自身、驚いている。

三十歳もだんだん近づいて来たので、友だちもまるで何かに駆け込むように結婚したりしているが、特に焦《あせ》る気持ちもない。

それはある程度の収入がありさえすれば、それほど孤独を感じなくて済むからかもしれない。

毎日、閉じこもっている分、前よりも旅行にはなるべく出掛けるようにしているし、どうしても通販が多くなってしまうのだが買い物もしている。

それでもこの頃は遅ればせながらブランド物にも目覚めて、このあいだブルガリの一番安い指輪をデパートに買いに行ったりもした。

指輪も誰かにプレゼントしてもらうより、自分で買いに行ったほうがいっそすがすがしくて良い気持ちになった。

とはいえ季実子は、自分の書いた嘘の書き込みに騙される男を目の当たりにしていて、バカだなぁとかわいそうに思いこそすれ、今のところ男に幻滅はしていない。

それに自分と出会う人は、こんなつまらないことで女を見つけなければならないほど困っている男ではない、とも季実子は信じたかった。

郵便局の通帳に残高四百五十万円が記載されたとき、季実子はひらめいた。

どのみちすぐに使う予定もないお金だし、彼氏もしばらくはできそうにないから、そのうち必ず必要になるであろう結婚資金を増やすつもりで何か投資してみよう、と。

そう思ってみると、御時世なのだろうか最近は女性誌にも「何とかファンド」などの債券運用商品の広告や特集などがたくさん目につく。しかしどれもやはり利率が悪い。

たまに利率の良い商品の広告があっても、よく見ると小さな文字で『この商品の元本は保証されません』とあったりする。

いかに労せずに得た金とはいえ、やはり元本がなくなってしまうのには耐えられない。

季実子はアルバイトの掲示板に書き込むすきに得意のインターネットでその類《たぐ》いの投資情報を集めたりしていた。

2

塩田麗奈《しおだれな》は男より女のほうが数段、バカだと思っている。

麗奈は以前、質屋に勤めていた。

質屋といっても駅前にあるおしゃれな店構えで、ほとんどさらのブランドバッグなどを扱う新古品屋である。

その店に勤めた当初は、男にプレゼントしてもらったバッグをその足で換金に来る女たちを目の当たりにしていたので、プレゼントして貢《みつ》いでもその甲斐《かい》がないのになおも頑張っている男たちのほうがよっぽどバカだと思っていた。

しかし月日が流れるに従って、やはり世の中は男のほうが知恵のまわる人間の数が多いのではないか、と思うに至ったのである。

たしかにさらのブランド物を質入れするのは女で、それを貢いでいるのはどこかにいるかわいそうな男たちである。

それでも、と勤めているうちに麗奈にはだんだんと背景が見えるようになって来たのかもしれない。


ブランド物を質入れに来るのは比較的、若くてきれいな女たちである。

いくら世が熟女ブームとはいっても、ぶさいくなおばさんが大量のブランド物を持って来たことは一度もない。

彼女たちは自分でお金を払い、ほとんどさらといえども質流れのバッグなどを手に入れるのである。

それはそれでなかなか逞《たくま》しく美しいものだ、といつのまにか麗奈は考えるようになっていた。

初めのうちは一瞬の「損得」で物事を考えていたが、長期に見てみるとどちらが得な人生なのかわからなくなったからだ。

若い彼女たちは生鮮食料品と同じなので、いつまでも同じ女の子たちが質入れにきているわけではない。

それは残酷に露骨に代替わりする。

「昨日の彼女たち」は「明日の彼女たち」ではないのである。

かつての若い美女はその特権がなくなりつつある時期、ものすごく焦る。

エステに通ったり整形手術をするなどは序の口で、「ちやほや」を求めてさ迷い歩くような感じになる。

なのにきっと男はほとんど変わらないのだろう。

彼らはプレゼントを渡しただけで何の責任もない。

結婚するなんて思ってはいないし、一生プレゼントを贈り続けるわけでもない。

だからもらった女のほうも軽い気持ちで質入れできたのだ。

しかし物をもらえてちやほやされているうちに何かを等価で彼女たちは男たちに売り渡している。

物はもらったほうが与えたほうにいつのまにか支配される力を持っているのだ。

向こうが好きでくれた物だからこっちは知ったことではない、といくら思おうとしても、そこにひそむ何かに人は支配されていくようだ。

なぜなら彼女たちの誰もが幸せそうには麗奈には見えなかったから。

質入れした分の現金を手にした瞬間の顔は嬉しそうだが、どうやら「嬉しい」と「幸せ」とはちがうらしい。

バージョンアップなのかダウンなのかはわからないが、その現金でそのまま、店に展示してあるちがうバッグを手にする女もいる。

ある層の女たちの間で、くるくるくるくるバッグや指輪が回転しているのだ。

麗奈もブランド物を持ってはいたが、流行のわからない黒い革の物やゴールドの指輪などを少しだけ使っている。

それもデパートで買ったものだ。

自分の勤めている店で買えば従業員価格で安く手に入るのはわかっていたが、どうも男や女の恨《うら》みがこもっているような気がして落ち着かなかったからだ。

しかし今の世の中、ブランド物は持たないわけにはいかない。

ブランド物を持っていることに理由はいらないけれど、持たないことには何か理由がいるような気がするからだ。

有名ブランドの品物は品質が良いから長持ちするので長い目で見ると結局はお得だ、といった理屈がまかりとおっているけれどそんなことはない、と麗奈は思う。

最初のうちは店のレイアウトや商品を包む係だったのに、いつのまにか鑑定もできるようになってわかってきたのだが、たった一回の使用で革が傷だらけになるものも多い。

こんなビニールコーティングしただけの安物がロゴマークが入っているだけで、どうしてこんなに高い値段で取引されているのだろう、と麗奈は不思議に思うより腹立たしい気持ちになることも多かった。

その頃、店をやめたのだ。

高校中退で手に職もない自分にまあまあの給料を払ってくれる仕事なんてないのはわかっていたが、鑑定の金額を告げるたびに、

「ええっ、そんな安いの？　あなた本当にわかってるの？　だって一回しか使ってないのよ。これ」

と目からルーペを外した麗奈にみんな必ずくってかかってきた。

今からクラブに出勤だろうと思えるセットした頭の女だって、そそとしたお嬢さんに見える女だって、みんな言うことは同じだ。

「でもこれ、雨の日に使用されましたよね。革の裏に染《し》みがあります」

麗奈は問題の箇所を見せる。

「だってこんな小さな染みなんて、はじめからあったんじゃないの？　もういいわ。あなたみたいなタイプの人はきっとこんなもの、誰からももらったことなんてないんでしょうからね。誰か話のわかる男の人に代わってよ」

自分たちは女で、女が仕事で認められないことに日々、憤《いきどお》っているはずなのに、彼女たちは往々にしてこういうときはそんな言葉を吐《は》いたりする。

自分ではそれほど魅力のない女だと麗奈は卑下《ひげ》してはいない。

ただ「媚《こび》」とこんなどうでもいい「バッグ」とを等価交換したくないのだ。

麗奈の母親は媚を上手に売る人だった。

幼いときから麗奈は四度も姓が変わり、小学校のときは転校を三回した。

中学の終わりから少しぐれたが、今は自分でしっかり生きていきたいと思っているから、つまらない挑発には決して乗らない。

トラブルを聞き付けて奥から主任が出て来てもう一度、鑑定をしても最初の金額から一円も増えることはもちろんないのだが。

宝石の鑑定は資格試験もあったし、たまに掘り出し物もあって楽しかったが、この店ではそんな物はめったに出ない。

くる日もくる日も財布やバッグばかり見ているのに嫌気が差し始めていた矢先、麗奈より半年前に店をやめていたマネージャーが新しい仕事に誘ってくれたのをしおに麗奈も店をやめることにしたのだ。


「一言で言うと、詐欺」

藤島賢一《ふじしまけんいち》は麗奈に久しぶり、と挨拶した後にそう言った。

彼は実直な印象ではないが、詐欺なんて仕事を好んでするようなタイプには見えない。

実家が岐阜かどこかでやはり質屋をやっていたので、時流に乗り遅れないような新古品を扱える店にしたくて勉強のために東京に出て来た、と言っていた。

それはどうやら嘘ではないらしいが、もうその質屋はとっくにつぶれていたのだ。

「駄目だよ、質屋なんて。所詮《しょせん》、お古はお古。恋人も女房も新しいのがいいよ」

ホテルのコーヒーラウンジで脚を組み替えながら藤島は言った。

そういえば藤島の妻は彼と不倫のあげくに夫を捨てて藤島と一緒になったのだ、という噂を麗奈は思い出して、心の中で笑った。

うまくいってないのだろうか、と思って。

とはいえ、麗奈と藤島は本当に仕事上の付き合いしかなかった。ミーティングの後、鑑定練習で自主的に残ってご飯を食べに行ったときだって、仕事の話しかしなかったように思う。

麗奈はべつに実家が質屋というわけではなかったが、ただ商売に「コツ」というものがあるなら早いうちにさっさと飲み込みたかったのである。

それから月日が流れてわかったことだが、鑑定には「コツ」というものがあったが、接客には「コツ」というものはなかった。

怒りっぽい人は店の照明が明るいことにだってケチをつけて怒るし、気の弱い人は、こちらが、そんなに安く値踏みされてあなたは平気なの？　とたずねたくなるほど弱気だった。

「だけどこれはただの詐欺とはちがうぜ。俺は店をやめてから半年間、準備した。それから手伝いをしてくれるよく働く女性がほしいと思った。それが麗奈ちゃんだったというわけだよ」

犯罪はいやなんです、と言おうと思った麗奈だったが、藤島の自信たっぷりな表情を眺《なが》めているうち、どうしてもその内容が知りたくなった。

入店してたった一年半でマネージャーになってしまった藤島である。

それに半年も準備したというのだから、つまらない犯罪であるわけはない、という気がした。

「内容を教えるからには手伝ってもらわないと困るよ。それに誰もたいして損はしないんだ。老人や病気の人を騙すわけじゃない。麗奈ちゃんも大嫌いなあのブランド好きなバカ女たちに一泡ふかせるだけだよ。といっても偽物作りみたいなダサいことはやらない。流通するのは正真正銘の本物だけだ。売りさばく所は今、九州に用意している」

大嫌いなブランド好きなバカ女たちに一泡ふかせることができるのか、と思うと麗奈は嬉しくなって来た。

「わかりました。やってみます」

麗奈はカプチーノを飲み干して言った。

ただどうしても自分には合わないと思った場合はたった一度きりでやめさせてもらって

いいですか、と付け加えるのも忘れなかったが。

3

「ね、こんな変なホテル、泊まったことありますか?」

「ないわよ」

暗闇の中、季実子は答えた。

一個しかなかった枕元のスタンドが消えたのだ。

寒くて暗い屋根裏部屋のようなワンルームに無理やりベッドを二つ入れられてそこに寝ている。

もちろんベッドを並べることはできず、ひとりがひとりの足元に横にされている、という変な形だ。

そこに大量の箱やら紙袋が置かれているので、文字どおり足の踏み場もない状態だ。

「電灯、換えてもらいましょうか?」

一緒の部屋の女は季実子に敬語を使う。

失礼のない地味な子なのだが、なんだかそれが季実子をいらいらさせる。

彼女が悪いわけではなく、このホテルがひどいし、このツアーがひどいのはわかっていた。

しかし格安なのだからしょうがない。

「やめましょうよ。どうせ英語で話しかけても無視されるもん」

ひとりしかいないフロントの女はどっかりと太っていて、フランス語しか話さない。

「そうですね。じゃテレビでもつけますか」

美希《みき》、というらしいその女はテレビのスイッチを押したが、フランスでは深夜に番組はやっていないらしく、砂嵐が映った。

「それでも明るいから音消してつけときますね」

季実子はそれには答えなかった。

疲れていたのだ。

風呂もなく狭く、ただ寒いこの部屋にいるだけでどんどん腹が立ってくる。

朝の早くからバーゲン会場に並んだり、ブランドショップの前に立ったりしている。

とにかくとにかくたくさん買わなくてはならない。

それもできるだけ日本で販売されていないものを。

商品が日本にほとんどない場合は中古品でも定価より高い値がつくという、変な国に暮らしているのだ、自分たちは。

高いお金をかけて、会えるわけもないディスプレーの中だけで欲情しているような人妻と必死でかかわろうとする男たちがひしめいている変な国に暮らしているのだ、自分たちは。

季実子は毛布をもう一巻き体にくるくると巻いた。

「明日は『シャネル』に行きます?」

「ううん。『シャネル』は最後。もう一回、『エルメス』行ってみようと思ってる」

季実子は言った。

初めてのパリなのに、ルーブル美術館もエッフェル塔も見ない。

ただただ鼻の高い店員にフン、とされながら、

「これは?」

と雑誌の切り抜きを見せている。

「季実子さんは予算はいくら見積もって来たんですか?」

「四百万くらいのつもりかな。カードも含めての予算だけど」

季実子は言った。

これがうまくしたら何倍にもなるのだ、と思いながら。

投資の情報を得ることもだんだんあきらめ始めていたあるとき、夢のような広告がディ

スプレーの画面を見ていた季実子の目に飛び込んで来た。

それには最後のほうに小さな文字で「早い者勝ちです」と書いてあった。

そりゃそうだろう、こんなのでお金が入るんだったら、みんな申し込んでいるはずだわ、この広告はいつからここに載《の》ってるのかしら、もしかしたらもう定員になっているのかも、と季実子は焦った。

電話すると、

「あと二名ですよ」

という感じの良い女性の声が返ってきた。

「これってこのツアーじゃなかったら駄目なんですか？」

「駄目じゃないんですが、うちの店が品をいただく日にちが決まっているんですよ。常設店ではないもので」

常設店ではない、というところにひっかかるものが感じられたので、季実子は、

「じゃあ、うかがってもいいですか？」

と聞いてみた。

「いいですよ。でもお早めにお申し込みくださいね。やはり皆様に人気ですから」

感じの良い声でそう言われてしまうと、逆《さか》らえなくなるような気持ちになる。

それがいつも自分が使っているテクニック『すぐにも会いたいわ。これが運命だと思う

から』などといういいかげんなメールと同じ種類の感じの良さである、などとは季実子は思いもしない。

新宿駅から歩いて少しの、日差しがよく入るガラス張りのオフィスビルの十七階にその会社はあった。

小さな店構えだったが、あやしいところはまったくなかった。

入ったところに社名のロゴが描かれてあるついたてがあり、インターホンがあって、「当社に御用の方は押してください」とあった。

季実子がボタンを押しているあいだにもひっきりなしに電話のベルが鳴り、受けている女性の声がしている。

やはりこんな条件いいアルバイトというか投資方法って他にないもんなあ、とあらためて季実子は思った。

「先程、お電話した……」

現れた紺色のスーツを着たまだ若い女性にそう言うと、

「あ、磯村《いそむら》さまですね」

とすぐに了解してくれた。

彼女の胸には「井上《いのうえ》」という名札がついていた。

彼女の髪はもう金に近い赤だったが、落ち着いた印象があった。

彼女はパンフレットまではいかないが、ちょっと気の利《き》いたちらしを持ってきた。

「四泊六日の強行スケジュールですけどね」

成田《なりた》を月曜日に出て週末には戻ってくる。機中二泊でパリに行くのだ。

「行っていただきたいお店はこの十五店です。是非《ぜひ》とも買ってきていただきたいという商品はありますが、こちらから無理に指定することはありません。ただしそれらはこちらでは入手しにくいので、高値で買い取らせていただきます。ご予算はいろいろで、皆様、百五十万前後が一番多いですが、五百万という方もいらっしゃいますよ。帰りのお荷物が大変ですけどね」

「井上」という彼女は気の強そうな顔をしているが、笑うとにっこりと柔和《にゅうわ》な感じがする。

格安のツアーで自腹を切ってパリに行き、いろいろなブランドショップで人気商品を買い集めてくる、というのがこのアルバイトのすべてである。

品物によるが、だいたい日本で正規ルートで買うより三割くらい安いものが多く、それを二割引の値段でこの会社が買い取ってくれるのだ。

つまりこの会社から一割の報酬が応募者に支払われる。

持ってくる商品が多ければ多いほど応募者の儲けも大きくなる。

ただし「特」と書かれてある、めったに手に入らない商品は、日本での定価かそれより一割増しで買い取ってくれるというのだ。

「ま、二百万がご予算の場合は、買ってきていただく商品にもよりますけれどツアー代を引いてもだいたい十二万円の儲けになりますね。何しろ強行スケジュールですので疲れますが、一日三万円か四万円の収入でパリに行けますし、時間さえやりくりすれば観光も少しはできます。五百万円のご予算ですと一日十万円以上の日当になりますからかなりいいですよ」

話を聞いているうちに、季実子の目の前にはセーヌ川が見えて来た。

体力的にはつらいだろうがはじめの二日に買い物を必死でしたら、蚤《のみ》の市や美術館に行ってみよう。少しくらい睡眠時間を削ったとしても、帰りの飛行機で死ぬほど眠れるではないか。

季実子は迷わず書類にサインした。

「予算はこちらから無理にいくらにしてください、と申し上げることはありません。ただ百万円以下だとあまり引き合いませんよ。あと必ず成田からその足でこちらに来てください。磯村さんの場合は土曜の午後ですね。リムジンバスで新宿まで七十分ですから、眠っているあいだに来れますよ。お金は全額翌月の十日にご指定の口座にお振り込みいたします」

季実子はおおきくうなずいた。

自分にもご褒美《ほうび》として思い切って何か記念になるものを買ってみよう、と思いながら。

季実子が起きたときにはもう同室の美希は化粧を終えていた。

ただ買い物につぐ買い物なのに、彼女は毎朝、きちんと化粧をした。

季実子はあまりに疲労がたまっていて、化粧はおろか髪をとかすのもめんどうくさかった。

「『特』っていうやつ、本当にありませんよね。予約は受ける、とか言って値だけ吊《つ》り上げて作ってないんじゃないのかな」

美希は電熱器からお湯を降ろしてインスタントコーヒーを季実子にいれてくれながら言った。

パリに初めて来たとはいえ、季実子はカフェ・オ・レの一杯も飲んだことはない。

クロワッサンは昨夜、スーパーマーケットで買ったぱさついたやつを食べた。

しかし投資額が二倍にでもなれば東京で死ぬほど高いフレンチが食べられるではないか、と思えば少しもつらくなかった。

ブランド物の特集雑誌にあった有名フレンチの店で子羊を食べよう、と季実子は決めていた。

ディナーに一緒に行く恋人もいなかったが、金さえあればそれがどれほどのことだろう。

食事の前にエステに行って顔をつるつるにしてもらった後、美容院にも行こう。

そのとき着る服は今日、どこかの店で買おう、と思うと元気が湧《わ》いてきた。

狭い汚い寒い部屋にも光が射してきて窓からのパリの景色はやはり古都らしく美しかった。

4

嘘のように金が入って来た。

よくこんな嘘に女たちは引っ掛かるものだ、と麗奈は驚き呆《あき》れ、かねてからの溜《りゅう》飲《いん》を下げ、それから藤島の頭の良さに感激した。

新宿のオフィスビルを借りていたのはたった一ヵ月のことで、アルバイトの電話番の子たちには「急に事務所が引っ越しすることもあるからね」と言い含めて、そのつど日当を払っていた。

ツアーに出た百人足らずの女たちは毎日毎日山のようにブランド物を事務所に運んで来てくれた。それも自腹を切って。

鑑定することもない。どれもが本場の直営ショップから持ち込まれて来た本物なのだから。

それにしてもどうして彼女たちは自分の口座に、一ヵ月後にお金が振り込まれると信じることができるのだろう。

人間がそもそも持っている個性やセンスなどを信じられないからこんな画一《かくいつ》化されたブランド物を信じるようになったのではないのか。

品物はどんどん九州の博多《はかた》に運ばれていた。

そこでは藤島の妻が実家の近くでブランドのリサイクルショップを経営していた。

仕入れがただなので、比較的安い価格設定ができ、店は人気を呼んだが、あまり安くするとあやしまれるので麗奈が商品管理を任された。

藤島のことは尊敬はしていたが、男として好きではなかった。だが、自分の力では何もできないくせに高慢な藤島の妻のもとで働いているうち、麗奈は藤島と腹いせのように付き合うようになった。

「俺はずっと麗奈ちゃんが好きだったよ」

と藤島は言ったが、それは嘘だろう、と抱かれながら麗奈は思った。

自分を好きなところがあるとすればそれは藤島と同じで、「他人を信じずに仕事ができる」という一点に尽きる。

何もしなくてもいいご身分の妻と、何をしても身分には差がある自分とを比較して泣く日もあったが、ある日、考えを変えた。

あれはかわいそうな女なのだ。

だから能力のある女が徳を積む一環として、いばらせてやっているのだ、と。

考えを変えると何もかも楽になった。

博多は都会だけれどなんとなくのんきなところがあり、物価も安く食べ物もうまかった。

愛人手当も含まれているであろう高額の給料をもらっていた麗奈は、天神《てんじん》にマンションを買った。

藤島のすごいところは一回成功をしたことと同じことをもう一度やろうとはしなかったことだ。

「また新しいこと考えているから」

と彼はほとんど自分の部屋のように使っている麗奈のマンションでそう言った。

ある夜、藤島がシャワーを浴びているとき、テーブルのうえの携帯電話がピコピコと鳴っているのを麗奈は見た。

麗奈は自分のことを頭の良い愛人と思っているのでそんなものには出ないし、見ないようにしていた。

そんなものを見ても不快になるだけで、ろくなものじゃないのはわかっていたからだ。

しかしそのときは新機種であることも気になって、なんとなく手にしてしまった。

他愛のない、出会い系のメールの返事がたくさん来ていた。

どんなに頭が良く見えても所詮、再婚するほど惚《ほ》れていた妻がいて、愛人のマンションに毎夜、通って来ていて、なおも「新しい出会い」を待っているどこにでもいる男にすぎないのだ、藤島も、と思ったらなんだか麗奈は笑いが込み上げて来た。

皮肉な意味ではなく、腹からカラッと笑える気持ちになっていた。

自分の母が求め苦しんで媚と引き換えにした男心なんて、十円の価値もない。

ほらみろ、ざまあみろ。

『お返事ありがとう。主婦なのでなかなか出られませんけど怒らないでね。結婚する前は外科の看護婦だったのよ』

『エレベーターガールはみんな足がつらいです。ちょっと太くなってまーす』

麗奈はそれを見ながら、藤島は本当に「元看護婦の主婦」や「エレベーターガール」と出会えると思っているのだろうか、と本気で聞きたかった。

『ね、あんた、本当にエレベーターガールなの？』

麗奈は半分笑いながら、藤島の携帯電話からメールを打ってみた。

5

シャネルのスーツだけが残った。

それだけは自分のために買って、預けなかったからである。

疲れているのに必死で行った事務所は一週間後にはあとかたもなくなっていた。

もちろん電話は通じるわけもない。

家主まで掛け合い、弁護士事務所にも相談に行ったし、警察にも届けを出したが、相手は見つからない。

家主は、

「うちだって家賃滞納されてるんですよ。金は半分しか入ってないし、不動産関連だというから貸したのに」

と怒っていたし、弁護士事務所では、

「最近、多いんですよね。こういうケース。私にはわからないんだけど、そんなにブランド物っていいですかね？」

と言われ、警察には、

「これはプロの手口だね。あとかたなく逃げてるから。別件でアシでもつかないとなあ」

と言われた。

そして三者は口をそろえて、

「なんでそんなこと信じたんですか？」

と言った。

それは季実子だって自分に聞きたいくらいだ。

自分はいつも他人になりすまし、ありもしないデートの約束を取り付けて糊口《ここう》をしのいでいる。

男たちはみんなそれを本気で信じているのだろうか、看護婦や主婦やエレベーターガールとの出会いを。

そう思いながら半ばバカにして仕事していたのに、自分は四百五十万円も失ってしまった。

それも苦労して、足が棒になるほど働いて。

どうせあぶく銭だったのだから一からまた貯めよう、とも思う日もあったが、こんなことから早く逃れたい、とも思った。

しかしそもそも小学校では「他人を信じましょう」ということを教えられるのではなかったか。

『走れメロス』も『友情』も、あるいは神様の言葉もみな「信じる者は救われる」ではなかったのか。

季実子は一度、この男たちの誰かと会ってみようか、とも思った。

奇跡的にまじめな男が、本気で良き出会いを待っているかもしれないではないか。

そんなことは絶対にあるはずはない、と思いながらも季実子は信じたい気持ちが自分の中からふつふつと湧いてくるのを止められなかった。

大金を失って自分が弱くなっているにすぎないのだ、とも感じながら。

そのとき季実子のディスプレーに返事があった。

返事は一通、十円である。

とにかくさっさと返事して引っ張ったほうがお金になる。

あの四百五十万円も最初は十円だったのだから。

それに万が一、運命の男とのまじめな出会いがないともいえないではないか。

ディスプレーには、

『ね、あんた、本当にエレベーターガールなの？』

とあった。

『もちろんよ。銀座にあるデパートのエレベーターガールなのよ。信じてください』と仕事に忠実に書くのか、『そんなもんいるわけないじゃないの。あんただって男に成り済まして出会い系にメール送るなんて下品なことやめなさい』と気持ちに忠実に返事をするのか、季実子は決めかねていた。

そして結局、『本当に出会いを待っています。お会いできませんか』と返事を書いた。

自分は会いに行ってしまうかもしれない。

嘘をつかない優しい男が待ち合わせ場所に来てくれるかもしれない。

季実子はそんなことは絶対ないと思いつつも、とにかく相手を誘い出そうと考えていた。

数字屋

1

奈々子《ななこ》は知り合ったばかりの人に自分の職業をきかれるたびに躊躇《ちゅうちょ》する。

「あの、携帯電話の……」

と言うと、たずねた人はみんな販売員だと思って、

「えっ、ドコモ？　au？　それとも他のやつなの？」

などと口々に言うが、そういう類《たぐ》いのものではない。

話せば長くなるし、その仕事が違法か合法か自分でもよくわからないので、

「そんな感じです」

と曖昧《あいまい》に返事することにしている。

そこで相手に新機種についての質問をされたらもう答えられなくなってしまう。

奈々子は携帯電話の機種のことはよくわからない。

しかし携帯電話にまつわる変な人々のことはいやと言うほどわかっているつもりだ。

なぜ神様はこんな愚《おろ》かな人間に金運だけを授《さず》けたのかとこちらが不思議に思うような男や、他人にとってはどうでもいいようなところにこだわり続ける女。

奈々子は毎日、そんな人種をうんざりするほど見ている。

以前はそういう人物に電話でアポイントメントを取るだけだったが、最近は直接、会うことも増えた。

見るからにやくざの男もいるしソープ嬢もいるが、普通のサラリーマンもいる。

そしてややこしいことを言い出すのはやくざではなく、いつも普通のサラリーマンだったりする。

やくざたちは金銭で折り合えば、それでビジネス成立だし、折り合えなければそれでおしまいで、何とも話が早いが、サラリーマンたちは、ずるずるずるずると交渉を引き延ばし、こちらの足元を見て、金額を吊《つ》り上げようとする。

「ならば結構です。このお話はなかったことに……」

と奈々子かその上司がそう言うと、急にあわてて、

「いや何も不足だと言っているわけじゃないんだ。そっちがそのつもりならさっきの金額でいいよ」

などと言い出す。

きちんとしたスーツを着ている人間のほうが中身が下等なのかもしれない、と奈々子は少し男性不信にもなった。

とはいえ、「不信」になるほど好きだった男なんて思い返してもどこにもいないのだが。

「そうです。そういう業務を行っている会社なんです」

と電話口で言いながら、「こんな電話、かけられたほうは不審に思って当然だ」と奈々子は思う。

このいきなりのアポイントメントを取る電話は何度経験しても慣れないし、やはり自分でもあやしい仕事だ、と思う。

奈々子の勤めている小さな会社の業務内容は一言で言えば「数字屋」である。

以前は車のナンバープレートのいい数字を取ったり、店舗経営している人に固定電話の良い番号を斡旋《あっせん》するのが仕事だった。

例えばその町で新規開店の肉屋があれば下四ケタの「４１２９」の番号をどこからか入手して売ったり、ナンバープレートに「８８８８」などをつけたいという人のためにそれを探してくる、といったような業務である。

ところが時代の流れからか、最近は携帯電話の電話番号を入手することが会社の主な業務になってしまったのだ。

しかしそんな電話番号、誰が持っているかわからないので、０９０から始まる欲しい番号に適当に電話してただダメもとで当たって砕けるしかない。

当然、相手側は知らない人間からのいきなりの電話に警戒する。

「あの、私どもは『インターナショナル・ナンバー・サービス』という恵比寿《えびす》にある会社なのですが、ある電話番号を欲しい、とおっしゃるお客様のニーズにお応えしてその番号を探して斡旋するのが主な業務です。つきましてはお宅様がお使いになっておられる、090-××××-8888番をお譲りいただけないかと思いまして」

などと落ち着いた口調で、なおかつ一気にこっちの言いたいことをまくしたてるのが奈々子の日々の仕事である。

相手はこちらの言わんとしていることをすぐに察知してくれる人間ばかりではなく、すぐさま切られたり、

「そういうことはよくわからないんです」

と言われたりするところを根気よく電話し続けるのである。

「それで、だいたいいくらいただけるんですか？」

などと、向こうがこっちの話に興味を示したらもうほとんど商談は成立したも同然である。

数字並びの良い電話番号を持っているのは往々にして派手な業界の人間が多い。

そしてその手の人間は今、往々にして金策に苦しんでいることが多いので、案外に食いつきも良いことが多いのだ。

そういうときは最低のラインから金額を示していく。

数字の良さにもよるが相手が若い女性らしい場合は、

「五万円ではいかがでしょうか？」

とたずねてみる。

そしてそれは、たいがいNOと言われることになる。

むこうが難色を示したな、と思うと、

「では七万円ならばこちらもなんとかなります」

と言い、それ以上になる場合には、

「上司の判断も仰《あお》ぎたいので一度、お目にかかれませんか」

と言う。

「御足労かけてよいのであれば地図をお送りします。恵比寿の駅からすぐです」

などと話の流れでもって行ける場合は商談は成立しやすい。

こちらの牙城に入れば、やはりこちらの言い値がとおりやすくなるからだ。

それが難しいときにはこちらから相手の指定した場所に行く。

そのときは安全のため必ず男性社員と一緒に行動する。

面会場所はホテルのロビーや喫茶店にしてもらい、相手の家には決して行かない。

それは社員の中に以前、暴力団の組事務所に連れて行かれた者がいるからだ。

べつに暴力をふるわれたわけではなかったが、やはりなかなかこちらの言い値で取引するのは難しくなるので避けたほうが良い、と会社が作成したうすっぺらいマニュアルにある。

　取引されるのは誰が見ても良い番号である「1111」「7777」「8888」など以外にも、自分の誕生日、例えば五月十日生まれならば「0510」を探している人もいるので、その依頼があればそれを探す。

　以前、十月三日生まれの人が「1003」を探していたことがあったが、それは奈々子の学生時代からの友人がたまたま持っていたので、交渉は速《すみ》やかに成立し、友人には五万円、会社には十三万円、奈々子には寸志として二万円の二十万円ですぐに契約が成立したことがあった。

　しかしこんなラッキーなことは滅多《めった》にあるものではないので、今日も今日とて奈々子は見ず知らずの人の携帯にいきなり電話をかけているのだ。

2

　マリカは十七歳だが、「二十歳」ということにしてお店に出ている。

　ひとりで暮らしているが、べつに家出少女というわけではない。

　マリカのいでたちはどう見ても勉強ができる感じの女の子ではなかったが、不良というわけでもない。

意思があまりないので、友人が派手になるにしたがって派手になってしまっただけである。

深夜まで大好きな「ＥＲＩＫＯ」という女性カリスマアイドルのビデオを見たりしているうちに、もしかしてだんだん彼女のような濃いメイクになってしまったのかもしれないとも自分では思っている。

父は大手商社勤務の転勤族で、今は母と一緒に九州にいる。

一緒に来るように説得されたが、マリカは転校するのがいやで、両親の申し出を断って大学生の兄と二人で生活することにした。

なのに兄はいつのまにか付き合っている彼女の部屋に入り浸《びた》りになってしまい、マリカは一人暮らしになってしまっていた。

それでも週に一回は着替えを取りに戻っていた兄もこのごろ、まったく帰らなくなっている。

兄がいるときは朝もなんとか起きられたマリカだが最近では夕方にならないと目が覚めない。

日曜になれば「あしたは必ず学校に行くぞ」と思い、月曜になれば「午後から行くぞ」と思い、午後になれば「火曜から絶対に学校に行くぞ」と思い、そしてそのままずるずるしているうちにもうずいぶんと学校から離れてしまい、今さらどんなツラ下げて行くのよ、という気持ちになって来た。

友だちとしょっちゅうメールなどはしていたのだが、「うん。明日は絶対行くよ〜」と書くのもめんどうくさくなってしまった。

親はものすごく怒って、しばらく母だけ家にいたこともあったが、もうマリカの勉強の遅れは取り戻せないところまで来ていたので、

「知らないわよ、あなたの人生だからね。好きにしなさい」

と言い放ってまた九州に行ってしまった。

「母であること」と「妻であること」とに分けたら、マリカの母親は後者を選ぶタイプの人だ。

それは父親がどんどん出世して偉くなって行く人だからだ、とマリカは思う。

多分、自分がものすごく勉強ができたりしたら、あの人は迷わずに「妻であること」より「母であること」を選んだだろう。母もまた周囲に流される人間なのだ。

それでもマリカは一日に一回は外に出る。

バイトをしているのだ。

それはちょっとエッチめのキャバクラだったけど、なにたいしたことをするわけではない。

マリカのあこがれている「ERIKO」も噂によると田舎から出て来た当初はキャバクラでバイトしていたらしい。

自分はアイドルになりたいわけではないが、こんなことをしていたってそのうちちゃんと世に認められる人もいるというのは、マリカの励《はげ》みにもなる。

最悪、男の膝にのっかったときに胸を触《さわ》られてもまだ耐えられるというものだ。

それに胸くらいなら触られてもへるものでもないし、いいか、とマリカは思っている。

人によって考え方はいろいろだとマリカは思うが、他のところを触られるのは絶対にいやだ。

それに不思議なことにそういう店に来て一切、女の子の体を触らない人がいる。

つまんなさそうに天井見たりしていて、それが「セッタイ」というものなのだろうか、ただ時間が過ぎるのを待っている人たちがいる。

ただ時間が過ぎるのを待っている、というのはまったく自分と同じだ、とマリカは思って少し親近感を持ったが、かといって話題が続くわけでもない。

それでも中のひとりが店の出口で、

「これあげる」

と携帯電話をくれたのである。

それは縁《ふち》なしのメガネをかけたおとなしそうな三十前後の男で、最初は五人組でやってきた客のひとりだったが、べつだん物をもらうほどマリカと親しく会話したわけでもない。

プリペイドかなんかの携帯電話で、もうすぐ度数が終わる物なのだろう、とマリカは解釈して、二つ折のそれを受け取った。

「それ、結構、いいんだよ」

「何がですか？」

ワンセグか動画機能でもついているとでも言いたいのだろうか、そんなの珍しくもないのに、とマリカは手の中の携帯電話を見つめた。

「番号がいいんだよ。これはね、090－×××－7777。いいでしょ。電話代は僕が払ってあげるから」

はあ。

名前も知らない男の言うことに意味もわからずマリカはうなずいた。

この男からしょっちゅう電話があったらいやだな、と思いながら。

3

「もう今時、そんなのありませんよ」

奈々子は上司の広田《ひろた》に言った。

「私、日本中の、すべての、とは言いませんけど日本の半分の下四ケタ７７７７は私が買いました、って言えるくらい交渉しましたもん」

一度などは緊急手術中の外科医のところで手術が終わるのを待って交渉したこともあるのだ。

医者のくせに古風な奴で、「縁起かつぎが大好きだから絶対に売らない」と言っていたところを二十二万円も出してやっと譲ってもらった。

それを五十万で買ったのがテレクラを経営しているまだ二十歳そこそこの男で、何しろ自分の経営しているテレクラはフリーダイヤルの０１２０のあとは全部７にしてあるくらい「７」に凝《こ》っているので、絶対に携帯電話の番号も下四ケタを７にしたいのだ、と言ってきかなかった。

「ねぇ、おねえさん。なんでもトータルコーディネートが大切でしょ」

と言ったその男は、まったくコーディネートできていない趣味の悪いスーツでそう言ったのを昨日のことのように、奈々子は思い出す。

「２２２２」を持っている中には偶然に良い番号に当たったラッキーな人もいるかもしれないが、「１１１１」や「７７７７」や「８８８８」などはそれを得るためにみんなそれなりの苦労をしている人ばかりなので交渉が難儀なのだ。

絨毯《じゅうたん》爆撃のように、しらみつぶしに、もれなくこれといった番号に電話をかけ続け、断られ続けたのは上司の広田も知っていることだろうに。

「だってどうしても、って言われてさ」

と広田は「ＥＲＩＫＯ」というカリスマアイドルの名前をあげて、芸能プロの人間から頼まれた、と言った。

「なんかラッキーナンバーらしいんだよ。彼氏と別れたので番号を変えたいらしいんだけど、なかなか次の電話番号が気に入らずに、自分のラッキーナンバーの『7』並びが欲しいって。『それじゃないと持ちたくない！』ってスネてるらしい」

「そんな有名人なら電話番号くらいどうにでもなるんじゃないですか」

奈々子はデスクの灰皿を手前に寄せて言った。

一服やらないとアホらしくてやってられない。

「それがやはり、仕事のできるきみが徹底的に下四ケタ7を買い続けてくれたために、無理らしいんだよ。もう日本には空いている『7』並びの電話番号なんかまったくないっていってもいいくらいだ。で、」

「で、自分が買って売った番号をまた買って売れ、っていうんですか。それってこすい証券マンがやっている相場みたいじゃないですか」

あるいは土地転がしの悪徳不動産屋だな、と思いながら奈々子はメンソール煙草の煙を鼻から吐き出した。

「いくらかかってもいいらしい。いくらかかっても、だぞ。そんなクライアント、最近ないぞ」

広田はそう言った。

それだけで奈々子が徹夜でも仕事をやるだろう、とわかっているような口ぶりだった。

そして奈々子はその日から電話の前にすわり続けることになった。

以前、自分がゲットした番号はちゃんと控えてある。

新しい局番が毎日、増えているのもチェックしている。

しかし新局番のいい番号が一般に流れてくることはまずない。

きっとそれなりのルートがあって、しかるべき人が押さえているのだろうと思うが、どの電話会社もそれをやんわりと否定する。

今まで当たったことのない局番は二つだった。

ひとつめはもう声を聞くからにやばそうなおっさんが出てきて、

「ワシかてようやくこの番号を取ったんじゃい。誰が譲るか。ワシが金で転ぶ人間やとねえちゃんは思うんけ?」

とドスのきいた河内《かわち》弁ですごまれてしまった。

「いえ。そういう方だとはお見受けしませんが」

と会ったこともない人間に「お見受け」なんて言うのも変だ、と思いながら奈々子は平謝りに謝る。

この仕事を始めて四年、謝るのは平気になっている。

「どうも失礼いたしました。しかし何かの折りに思い出していただければ、いつでもご相談させていただきますので」

自社の電話番号を告げて受話器を置いた。

どうしてやばい関係の人間は数字のげんなどをかつぐのだろう。

げんなんかかつがなくても毎日をきちんと生きることで解消するものはあるはずだ。きっとこのおっさんのベンツのナンバープレートもいい番号なんだろうな、と奈々子は想像した。

しかしそういう人間が自分のクライアントだったりもするのだから、結局、痛し痒《かゆ》しというところなのだが。

次にかけた電話は何度かの呼び出し音のあと、留守番電話サービスにつながれた。聞こえてきたのは甘ったるい若い女の子の声だったので、奈々子は拍子抜けした。

「マリカでーす。ただいま電話に出られません。メッセージ、お願いしまーす」

奈々子はメッセージを残さなかった。

ちょっと驚いたからである。

やくざの情婦にしてもこの声は若すぎるだろう。

しかし今、この番号を譲ってくれるのはこの子しかいない。

4

どんなに電話代がかかってもその男は文句を言わなかった。

そいつは神田《かんだ》という名で、何かの営業マンらしくすごく稼《かせ》ぐらしい。

携帯電話は何台か持っているうちの一台だけど、番号がいいのでお気に入りのきみにあげたかったんだ、みたいな寝ぼけたことを言っていた。

「僕たちはね、月給じゃなくて年俸制なんだよ」

となんか外資らしい会社の名前を言ったが、マリカはそんなものには興味がなかった。

というよりその男そのものにも興味が持てない。

それでも電話代を払ってもらっていることもあり、悪いなと思って時々、かかってくる電話に付き合ってあげたり、たまに会ったりしていた。

彼はカラオケに行っても一切歌わず、マリカの歌を聞いているだけだった。

最初は遠慮しているのかと思って、マリカも気になっていたが、そのうち友だちに会う前のいい練習台だから気にせずひとりで好きなだけ歌おう、と思うようになって放っておくことにした。

　デジカメでいろいろ写真を撮られたが、べつにそれも気にならなかった。エッチな写真を撮るわけでもなく、ふつうの、例えばイチゴパフェを食べてるところやカラオケマイクを持っているところなどを撮るだけだったからだ。

　それだけで時々、五万いくらになる電話代を払ってくれるのだ。ありがたい、大切にしたい、とマリカは思った。

　それにこんな番号だと見ず知らずのナンパの電話があって嬉しいのだ。めったやたらに電話をかけているバカ男がいるらしく、以前なら鬱陶《うっとう》しかっただろうそういうことが、寂しく部屋でひとりでいるときはなんとなく嬉しかった。

「なにしてるの？」

　と言われたらマリカは必ず「べつに何も」と答え、職業をきかれたら必ず「女子大生」と答えた。

　学校の名前は特別難関でもないそこそこのリアリティーのある所ということにし、くだらない話に付き合ったが未知の人と「会う」という行為はしなかった。

　仕事以外に男と会いたくなかったからである。

　それでもかかってくる電話に愛想良く出たのは、自分の電話番号が覚えられやすいために敵意を抱かれないようにと考えてである。

「両親が厳しい」とか「バイトが忙しい」とか根気よく繰り返すとそのうち皆、電話をかけてこなくなった。

彼らは脈がない女を見限るのがものすごく早いのだ。

ただマリカは毎日、たいした目的もなく店に出勤して神田の電話に出て、漫画を読んでゲームして寝る、という日々を繰り返していた。

そんなときにわけのわからない女からの電話があったのだ。

その女の目的が何度きいてもよくわからなかったが、結局マリカは「相手はこの電話番号が欲しいんだな」ということだけはわかった。

「でもこの電話は私の物じゃないんです」

マリカは言った。

ある人に貸与されているのだが、電話はその人自身の持ち物なのか、その人の会社の物なのか自分にはよくわからないのだ、と。

「ではその人の連絡先を教えていただけますでしょうか」

控えめで丁寧だが、有無《うむ》を言わせない感じで電話口の女はそう言った。

「私、その人の連絡先わからないです」

マリカは言った。これで相手の女は自分のことを「くるくるぱあ」だと思っただろう、と確信しながら。

「一方的に連絡があるだけだから」

　マリカはそう説明しながら自分が本当にバカになってしまった気がした。

　ただ学校に行くのがいやなだけの女子高生だったのに、どんどん変な感じになっていく気がした。る。

「じゃ、その人から連絡があったときにこのことを伝えていただけますか？　お金ならいくらでも払いますから」

　そう言って電話口の女は会社の名前と電話番号を告げた。

　マリカはそれを珍しく丁寧に書き留めた。

　途中までは面倒なのでうまくあしらう気持ちだったのだが、「お金ならいくらでも払いますから」という言葉に興味を持ったのである。

　電話番号が良いのは覚えやすくてマリカも便利だとは思う。

　しかしそれが高値で取引されることが実感としてわからなかったのだ。

　でもとにかくこれはお金になるらしい。

　お金になるのなら自分も一口乗せてほしいものだ、と思って。

「あの、いくらでもお金、出してもいい、っていう人なんて、今時いるんですか？」

　マリカはきいた。

　腹の出た中年男のことを想像しながら。

「そうですね。いらっしゃるところにはいるんですよ」

相手の女性はビジネスライクな口調でそう言ったが、少しの沈黙のあと、信じられない名前を口にした。

「これは絶対に秘密なんですが」

とマリカもずっとあこがれているカリスマアイドル「ERIKO」の名前を口にしたのである。

今度はマリカが少し沈黙する番だった。

そして意を決して言った。

「なら、なんとかしてみます」

5

午後、というより夕方になって彼女は現れた。

奈々子は最初、自分に面会だ、と言われて何かの間違いかと思った。

口調では少し幼い感じの印象だったが、現れたのは完全に大人の容貌を持っている女の子だったからだ。

無理して濃い化粧をしている、という感じではなく、すべてに疲れて憂《うれ》いが身についていている、という様子だった。

とんでもない悪辣《あくらつ》なヒモでもいて、すべてを吸い上げられているのかとすら、奈々子は彼女を見て思った。

応接用のブースに通したら、お茶も飲まないうちに彼女はハンドバッグの中から「名義変更用紙」を取り出した。

驚いたことにそれには既《すで》に「神田良生《よしお》」というサインもハンコも押してあった。

「会社のではなく、この人の持ち物でした」

井上《いのうえ》マリカと名乗った女の子はそう言って奈々子に名義変更用紙を渡した。

奈々子は今までの仕事でこんなにとんとん拍子に交渉が進んだことがなかったので驚きながらも、彼女の気が変わらないようにと、

「ではこれを預かります」

と言い、預かり用紙にあわててサインして代わりに渡した。

「いくら相手がお金に糸目をつけないと言っても、やはり三十万が相場だと思うんですけど」

奈々子は言った。

相手が「百万」などと言い出しそうな娘だったからだ。

「いえ。お金はいいです」

奈々子は驚いて聞き返した。

「えっ、今、なんておっしゃいました？」

「お金はいいです」

私、「ERIKO」が大好きだから、と突然、少女らしいはにかんだ顔になってマリカは言った。

「でもそういうわけにはいかないのよ。トラブルを避けるためにもこの神田さんという方にも納得してもらわなくてはならないし」

「神田さんには代わりのものを渡しましたから納得してもらってます」

マリカはきっぱりと言った。

「代わりのものって何？」

奈々子の言葉にマリカは答えなかった。

「お金はいらないから、ただ一回だけ『ERIKO』に電話してもいいですか？」

「さあ。それは難しいけど。でも一回だけなら何とか私から頼んであげるわ。でもそれとは別にお金は受け取ってね」

奈々子はマリカに三十万を渡し、領収書にサインしてもらった。

マリカは念を押すように何度も、言った。

「私、絶対に他の人に電話番号を言ったり、『ERIKO』の電話番号だって言ったりしませんから」

奈々子にとっては「ERIKO」はただの若いケバイ歌手である。人気があるのは知っていたが、他の似たような歌手たちとどう差別化したものかよくわからなかった。

しかしマリカの態度を目の当たりにしてきっと「何か」が違うのだろう、ということはわかった。

その「何か」はさっぱりわからなかったが。

「とにかく約束はできないけど、お願いは絶対してみる。そしてその結果は必ず報告するから」

奈々子はそうマリカに言い、マリカの自宅の電話番号を聞いておいた。

「ね、ちょっといい？」

奈々子はマリカの切なげな表情をなんとなく残しておきたくなって、デジカメで一枚写真を撮らせてもらった。

たいしてきれいでもないけれど、なんとなく写真を撮りたくなる感じの子だ、と奈々子は思った。

マリカが帰ったあとすぐに奈々子は上司にすべて済みました、と報告をし、上司はすぐにそれを芸能プロに持っていって名義変更手続きを完了した。

だ。

「ね、お願いですから」

何度も奈々子が頼んだことを、

「さぁ、仕事なんだからなかなか言い出せないよ、そんなこと。素人じゃあるまいし」

と上司の広田は言っていたが、奈々子はプリントアウトしたマリカの写真を渡して頼んだ。

「言うだけ言ってください。こんな子なんだ、と伝えてください」

奈々子は自分でもどうしてこんなに必死になっているのかわからなかった。

6

マリカは信じられなかった。

インターナショナル・ナンバー・サービスのあの女性から電話があって、

「今日の夕方六時半なら一度、電話くれてもいいって。『ERIKO』さん本人が出ます、ってちゃんと約束してくれたから」

と言われたのだ。

時計を見ればまだ三時過ぎだったが、マリカの胸はどきどきして呼吸ができなくなるかと思うほどだった。

何度もありがとうございます、ありがとうございます、と言ったような記憶がある。さて「ERIKO」と何を話したいのか自分でもよくわからなかったが、同じ日本に住んでいて一瞬でも繋がれる、というだけで良かった。

うろうろしていてもしょうがないのでマリカは部屋をかたづけ始めた。

かたづけなんて二ヵ月ぶりのことだ。

学校もちゃんと行こう、などと思い出した自分が不思議だった。

7

奈々子がいつものとおりコンピュータ画面に向かっていると、上司の広田が背中から声をかけて来た。

「なんかあの子、感激して泣いていたらしいよ」

奈々子の脳裏にマリカのなんとなく物欲しげで切なげな顔が浮かんだ。

「本当に良かったです。でも何でOKになったんですか」

振り向いて奈々子は言った。

「やはりあの写真を見せたからじゃないかな。あの子の顔は大人っぽいのに切なげでなんか説得力があるんだよな。あの子、ホームページあるって知ってた？」

「いや知らないです」

「俺もこのあいだ、『ERIKO』のところのプロダクションの人に聞いたんだよ。その人も偶然、見つけたらしいけど」

広田に言われたとおりのアドレスをたたいてみた。

するとたくさんのマリカの顔が現れた。

ハンバーガーを食べているとこ、カラオケのマイクを持って歌っているとこ、たくさんの写真のあと、最後に全裸の写真のページが始まった。

どうやらマリカが自分でやっているホームページではないらしい。

「プロダクションの人もこの子、なんとなく気になる顔だからスカウトしたいな、ってあのきみが撮った写真を見たときに思ったらしいんだよ。だけどこのホームページを偶然発見して、最後の裸の写真はやばいな、って。べつに勤めているバイトはなんでも隠せるらしいんだけど、こんなのは流出しちゃってたらまずいから」

「そうですか。まあ、そうですよね。本人もそんなこと望んでいるわけではないかもしれないし」

奈々子は言って煙草に火を点《つ》けた。

多分、このホームページはあの電話の名義人だった神田という男がやっているんじゃないのかな、と思いながら。

そういえばマリカは「神田に電話の代わりになるものを渡した」と言っていたな、と奈々子は思い出した。

その言い方では多分、ふたりは恋人同士ではないだろうに、何を渡したのだろう。

奈々子が大きく足を開いたマリカの写真を見ながら思ったとき、

「今度は下四ケタ８８８８、至急頼むよ」

という声が後ろから聞こえて来た。

幸　福

離婚したあと実家に帰って来て五年も経つのに、まだあのRV車を見ると静香《しずか》は体が硬直する。

見ないようにしているのに、スーパーマーケットの駐車場などで大きな黒の車体が怒っているように前に立ちはだかっているのを見ると瞬間のことだが、動けなくなってしまうのだ。

すべてを忘れるために京都に帰って来たというのに、記憶は日に日に新しくなっていくような気がする。

脳のどこかで記憶にブロックがかかっているのか、小さな女の子の姿を見てもべつに反応はしないのに、あのときと同種の車を見つけるとすべての記憶が甦《よみがえ》る。

見たわけではないけれど、車体全体が炎上してガソリンの臭《にお》いが体全体を包んでいるように静香には思えるのだ。

あんなにひどい火傷《やけど》をおったのに、それでも奈月《なつき》は一週間、生きていた。

それから裁判が二年続いて訴えを取り下げた。

刑事事件で立件はできなかったので、民事に切り替えたのだが、消耗がはげしく、それだけが理由ではないが、だんだん夫ともうまくいかなくなった。

それにどう相手を責めても結局、金でしか解決がつかないことに嫌気がさしたからである。

娘の奈月は結婚五年目にようやくできた可愛い子だった。

親ばかだと言われればそれまでだけど、どこのこどもより顔が可愛くませていて、頭の良い子だった。

それがたったの四歳で死んでしまわなくてはならないなんて。

1

実家にいるあいだはミシンを踏むなんて仕事、何の興味もなかったのだが、いろいろな出来事があって戻って来た今となっては楽しく思えるようになった。

静香は毎日、少しずつ自分にできることが増えていることに満足している。

最初は直線しかまともに縫《ぬ》えなかったものが、裾《すそ》のまつり縫いやボタンホールをかがることなど、どんどんうまくなっている。

最近、めっきり老《ふ》けた母親がいろいろ丁寧に教えてくれるのを静香はこどものようにひとつずつ質問して覚えながら、そういえば奈月もそうだった、と突然、思い至って急に胸が突かれる思いがする。

事件当時は静香より消沈していた母が、今は奈月の話など滅多《めった》にしないし、無理に明るくしているように見える。

母は父が生きていたころから洋裁が好きで趣味でやっていたものが、未亡人になった今では立派に店を構え、高級婦人服を仕立てている。

シルクなどは技術が伴わないと縫えば縫うほど皺《しわ》が寄り、つってくるのでまだ静香ひとりでは任されていないが、それでも最近はかなりの量を縫えるようになった。

離婚後、手に職をつけなければならないという切羽《せっぱ》詰まった思いもあったが、一心不乱に物を作っていると、頭の中が空っぽになり、他のつらいことを考えなくていいので、そういう意味でも自分に向いている仕事なのかもしれない、と静香は思うようになった。

最初はお金をもらえるようなできあがりではないので、直線縫いだけでできる自分のワンピースやエプロンなどを作っていたが、それでも作っているうちにだんだんフリルを増やしたり、布地に凝《こ》ったりできるようになり、採寸などにも参加するようになった。

今ではいわゆる婦人服ならば母の手を煩《わずら》わせることなく静香がひとりでやっている。

ただパーティドレスや布地が高級なものに限ってはまだひとりではできないのだが。

採寸をしているうちに、一口に女の人の体といってもいろいろあることに気づいた。

腰骨が高い位置にある人や本当に乳房がなくて胸が真っ平らな人。

あるいは首にホクロがあるのでいつもハイネックで隠したがる人や肘《ひじ》のガサガサが気になるので、絶対に半袖はいやだ、という人。

しかしいわゆる欠点とされるものをコンプレックスに思って隠したがる人もいるし、もっとそれを見せたがる人もいる。

乳房がなければだいたい何でもすっきりときれいに着こなせるのでコンプレックスに思う必要はない、と静香は思うが、絶対にパットをいれたいのでその分のスペースを空けてほしい、という人。

背が高いということに悩んでいる人も多いし、背が低いと何を着てもこどもっぽくなる、と嘆《なげ》いている人もいる。

そういうことを積みかさねているうち、静香は悩みのない人はこの世にいないのだ、と思うようになった。

たしかに自分のような不幸な出来事に遭《あ》う人はそうはたくさんいないだろう。

事故の当初は相手を呪《のろ》い、世を呪い、神を呪ったものだったが、足踏みばかりもしていられないのだ、と洋裁をすすめてくれた母から無言で教えられたような気がする。

奈月が自分にとって可愛い可愛い一人娘だったように、母にとって自分は可愛い可愛い一人娘である。

いつまでもやさぐれて生きて行くわけにはいかないし、奈月も自分が明るく過ごしているほうが嬉しいのではないか、と思うようにようやく最近、なってきたのだ。

生まれ育った町なので、自分がどういう経緯で結婚して東京に行き、どういう経緯でこどもを失い、どういう経緯で実家に戻って来たのかを知っている人も多いが、みんなあえてきかないようにしてくれているようでその気遣《きづか》いも嬉しい。

淡々と話そうとしてもやはり核心のことになると、涙が出てきてしまうからだ。

それは相手が憎いとか、奈月に申しわけ無いということは今ではもう通り過ぎ、どうして自分は大切なこどもをたった何時間でも他人に預けてしまったのだろう、という自分を責める涙である。

そうなってくると、自分がこうして毎日、生きているだけでも罪なのではないか、とまで思い始め、しばらく起き上がることもいやになってくるほど落ち込んでしまうのだ。

何度か精神科に相談にも行ったが、

「あんな目に遭えば誰だって落ち込むのは当たり前ですよ」

と医者に言われ、ずいぶんそれで楽になった。

だから今では考えの流れて行く方向に任せ、感情の行く方向に任せ、無理にどうしようと思わないようにしている。

それに最近ではこのあたりにも新しい住人が増え、本当に何も知らずにただ自分の腕前を信じて服を頼みに来てくれる人も多い。

それがなお静香を前むきな気持ちにしていた。

2

「佐竹《さたけ》さん」というのはいいお客さんだったが、困り者でもあった。もうかなりの年齢の老婆なのだが、頭もしっかりしていたし、足も悪くなかった。ただ静香が結婚してからこの地域に来たらしく、彼女がこのあたりにいた記憶がほとんどない。

年のわりには着物よりもモダンな服が好きで、どこかのお嬢さまだったらしく、「昔からあつらえもんしか着たことはおません」ということが自慢のおしゃれな人だった。

持ってくる布地も高級なものばかりだったし、デザインも年寄りくさいものを好まなかった。

ただ少し耳が遠くて、同じことを何度も聞き返したりするので、デザインを決めるときに困難だったし、何でもすべて自慢に聞こえるのが難儀だった。

ただそれもあまり話す人もいなくて寂しいのだな、と思い、静香は洋服とは関係ないことでもできるだけ話を聞くようにしていた。

髪も真っ白なのを薄い紫に染めているので、エンジやグリーンなどの派手な色も似合ったから、作る側も張り合いがあったし、支払いもいつもきっちりしていてたくさんいる老人の顧客の中でも上客だったからである。

話の中から、佐竹さんは息子さんと住んでいることがわかった。息子の嫁や孫の話は出て来ないので、母ひとり子ひとりなのかと静香は勝手に想像していたが、その息子はものすごく稼《かせ》ぐし、何より親孝行らしかった。

しかし息子が何をしているのかは遠回しに質問しても要領を得ない。

「えっ、じゃあ、会社にお勤めなんですか？」

とひざまずいてスカート丈を決めながら、静香がきくと、

「うん。まあ、エンジニアよ」

と佐竹さんはちょっと困ったように言った。

そのモスグリーンのスーツはシックだったが、なかなか派手でもあり、佐竹さんは法事に使う、と言っていた。

「いいですね。法事って黒や紺が多いですけど、回忌が進んでくると楽しい思い出話もしたいところですから、ちょっと華やかでもいいと思いますわ」

静香も言った。

奈月の三回忌のときはまだ紺しか着られなかった自分だが、七回忌には奈月が、

「ママ、それいい」

と言ってくれた赤いワンピースを久しぶりに着てみようと思っている。

泣いて過ごしても一日は一日だし、明るく過ごしても一日は一日だ、と無理やり自分に言い聞かせていた日もあるけれど、今は本当にそういうものだな、と思うようになってきた。

「そうね、私も最近、そう思うようになってきたわ」

何を言うにしてもいつも一言、苦言を呈する佐竹さんが珍しく自分の言うことに素直にうなずいてくれたので、静香は嬉しかった。

今までいちいちに嫌みを言われたり、自慢をされたので、よっぽどのこと母に頼もうかとも思った日もあったが、佐竹さんの好む服はこんな小さな洋裁店では滅多に扱えないような生地も多くて勉強になったので、静香なりにこらえてきたつもりだったのだ。

「じゃ、お膝が少し隠れる程度で。おすわりになったときに、ちょっとお膝が見えてすてきですよ」

メジャーを首にかけて、静香は立ち上がった。

「こんな皺だらけの膝、誰が見て嬉しおますのん？」

佐竹さんは静香がいれた熱い玄米茶を飲みながら言った。

「法事は立ったりすわったりが多いですからね、あのくらいの丈が楽ですよ」

佐竹さんの言葉を引き取らずに静香は言った。

「あんたみたいな若い人はあんまり法事なんかないでしょう」

「まあ、そうですねぇ」

静香は言った。

父が亡くなったときは自分は短大生だったし、母や親類の人が全部、取り仕切ってくれたから楽だったが、娘の奈月のときは本当に大変だった。

感染症を引き起こすから、と隔離されたブースの中のわが子を抱き締めることがようやくできたのは、確実に死んだ、とわかったときである。

「家の行事はいろいろ多いけど、最近は自分勝手な人が多いからいつまでも気楽にしたいらしいわねぇ。おねえさんは、結婚してはらへんのん?」

「いえ、前に結婚してました」

静香は言った。

もう元夫とは年に一回、奈月の命日に一緒に墓参りに行くときにしか会わない。

去年、会ったときには「恋人ができた」と言っていたから、今年の命日には再婚しているかもしれないが。

「前に、っていうことは離婚しはったん?」

「はい」

静香は言った。

離婚など娘を失ったことと比べれば、たいした心の傷ではない。

「このごろはみんな好き勝手しはるからねえ。私は自分で言うのもなんやけど、主人が死ぬまでほんまによう尽くしたと思うわ」

「ご立派ですねえ」

嫌みではなく、静香は言った。

夫に心から尽くすことなんてできない。

「苦しいことを共有した人」として仲良くできるかとも思ったけれど、いつのまにか「一緒にいると苦しいことを思い出す人」にしか思えなくなっていた。

実務的なことがすべて終わったあと、夫婦は未来のことを語ることができなかった。

思えば奈月が生きているときも奈月のことしかしゃべっていなかったし、奈月が亡くなったあとも、「もし生きていたら」ということや、「どうして幼くして死なねばならなかったのか」ということしか話題がなかったのだ。

普通の夫婦はいったい何を話題にしているのだろう、と静香は本気で不思議に思ったこともある。

関係を修復しようと、旅行に出たりいろいろなこともしたが、無理なものは無理だった。

このままその部分に蓋をして結婚生活を続けていくことも不可能ではなかったかもしれ

ないが、静香が途方にくれていたとき、ちょうど夫が、

「もう俺はこれ以上、無理だと思う」

と言い出したのでいい頃合いだと思って、静香も離婚に同意した。

奈月を死なせてしまった自分が幸福になってはいけないのだ、と落ち込んでいた時期でもあったので、夫は自分から離れて新しい道を歩んだほうがいいのではないか、とも思った。

「こどもさんは？」

静香は少し言い淀んだが、

「いました」

とだけ言った。

今も奈月は自分と一緒にいるような気もするし、遠いところにいってしまったような気もする。

「いましたってことは、旦那さんに預けはったん？　なんで母親がこどもと離れることができるんか、私みたいに古い人間には不思議やけど。なんぼ仕事ができるから言うたって、母親っていうもんは……」

と佐竹さんがそこまで言った瞬間に、自分でもびっくりするような大きな声で静香は言った。

「死にました」

泣くまい、と思った。

どこの夫婦がこどもを亡くしたくて、作るだろう。

どこの夫婦が離婚したくて、結婚するだろう。

自分だってあのとき、奈月をあの人に預けなければ、今頃、奈月と一緒にクリームシチューを作りながら、夫の帰りを待っていたはずだ。

奈月はきっとピアノのお稽古《けいこ》などをはじめて、ますます可愛くなっていたことだろう。

佐竹さんはどうして、ときさたいのだろうな、と静香は思った。

みんな気の毒そうな表情を浮かべながらも、興味津々《しんしん》といった様子で死因をきいてくるのだから。

「佐竹さんのように、親孝行でよう儲けはるこどもさんがいてたらうらやましいですけどね」

静香は言った。

べつに稼がなくても、勉強ができなくても、いいところにお嫁に行ってくれなくても、平凡でいいから元気でいてくれたらそれでいいのに、と思いながら。

「そうそう、このあいだね」

夕食の大根汁から口を離して母親が言った。

「あんたが生地の仕入れに出掛けてるときに佐竹さんが来はって、奈月のことをちょっときいたから、かいつまんで説明しておいたわ。いいかげんに話して変な興味を持たれても困るから」

「そう」

静香は母の言葉にうなずいた。

奈月は新聞に載るような死に方をしたので、きちんと話しておいたほうがあとあと変な噂にならないのは母もわかっているのだ。

それは知らない人でもみんな知りたがるような事件だったから。

3

同じマンションの上の階に住んでいた西沢今日子《にしざわきょうこ》とはこどもを通じて友人になった。

ホームパーティにまねかれたり、一緒に買い物に行ったり、緊急の用事があるときにはこどもを預かってもらったり、本当にいい付き合いをしていた、とその点に関しては今でも静香は思う。

男の子と女の子の二人のこどもを持つ今日子はいわゆるあねご肌で、めんどう見が良く、実家も遠くて初めての子育てにいろいろ戸惑うことが多かった静香にはとても頼りになる存在だった。

あの日、静香は突然、夫に頼まれた用事で市役所に行かねばならなくなり、いつものように一時間ほど今日子に奈月のめんどうを見てもらうことにした。

「ちょうど今から買い物に行こうと思ってたのよ。奈月ちゃんも一緒にうちの子たちとソフトクリームでも食べさせるわ」

今日子はそう言って快《こころよ》く引き受けてくれたので、静香は心置きなく市役所に向かった。

何か急を要することが起こった場合は携帯電話に連絡が入ることになっていた。

奈月も慣れたもので、

「しんちゃんといちごのアイス食べる」

と跳《と》びはねんばかりに喜んでいた。

黄色いゴムでくくられた髪の毛が揺れていた。

その光景を静香は昨日のことのように思い出す。

ほつれた髪をもう一度、くくり直してやったら、奈月は嬉しそうに、

「ママありがとう」

とほほ笑んで言った。

それが自分が見る最後の奈月のげんきな姿になるとも知らずに、静香は手を振った。

市役所を出よう、というときに電話が鳴った。

「し、静香、さん。大変なのよ、すぐに来て！」

携帯電話のむこうから悲鳴のような声がして、ブチンと切れた。

切れたあとに、あれは今日子の声だった、と静香は思い当たった。

すぐにタクシーに乗ってスーパーマーケットに向かった。

胸だけがどきどきと鳴り、何をどうやってそこまでたどり着いたのか静香は未《いま》だに思い出せない。

そういえばタクシーの料金もちゃんと払ったのだろうか。

駐車場に近づくと大きな煙が見えた。

それが今日子の車だとすぐにわかった。

それからは何があったのか、記憶がない。

ただ救急車に乗せられた奈月と一緒に病院に向かったことだけは覚えている。

「今、生きているだけでも奇跡です」

と痩せた医者が言った。

「生きているだけでも奇跡」ということはどういうことなのだろう、と考えたが静香の頭の中は真っ白で何も浮かばない。

医者が去ってずいぶん時間が経ったあと、「生きているだけでも奇跡」ということは「死んでいるのが普通」ということなのか、と思い至った。

しかしその意味が現実のものとして自分ではわからなかった。

それはいったいどういうことなのだろう、と考え続けた。

無菌室に入れられた奈月はガーゼを全身に貼りつけられていた。

それから一週間、自分がどうしていたのかはやはり静香は覚えていない。

緊急事態なので、夫も仕事を休んで病院にいたはずなのだが、そのことすら思い出せないのだ。

今日子の説明もあったし、警察にも何か聞かれたような覚えがあるのだが、その場ではよくわからなかった。

すべてが明らかになったのは奈月が息を引き取ってからのことである。

今日子の話ではスーパーマーケットに着く前に奈月だけが車の中で眠ってしまったらしい。

よく眠っていたので、起こすのもかわいそうだと思った今日子は自分のこども二人だけを連れて店内に入ったと言う。

そして大慌《あわ》てで買い物を済ませ、ソフトクリームを奈月の分まで買い、駐車場に向かおうとしたら火が見えた。

走って近づくとそれは自分の車だったので驚いた、という話だった。

警察の検証では、助手席で目を覚ました奈月がパニックになっていろいろなボタンを押したりしているうちに、突然、シートが後ろに下がった。

そこに運悪くボタンを押したら点く仕組みの百円ライターが挟まっていて、かちっと火が点きそのままシートが燃えたという。

そして結局、今日子のことは起訴には至らなかった。

ただ静香はいったいそこで何があったのか、本当にその場にいたたったひとりの大人である今日子の証言どおりなのか明らかにしたいと思い、民事裁判を起こした。

その裁判の過程の中でだんだん夫とは険悪になっていった。

家で今日子を責めるようなことを言ってもふだんは何も言わなかった夫が、

「そんな信用できない人間にこどもを預けたのはおまえだろう」

とぽつっと言ったからである。

夫に言われなくても死にたいくらいに自分のことを責め続けていた静香にはその一言だけで充分だった。

離婚を決意するまでにはたいして時間を要さなかった。

今ならば、感情を自分のように外に表さなかっただけで夫も悲しんでいたのだろうと静香は思う。

しかしそのときはこんなに自分が悲しんでいるのに、夫は冷たすぎると感じていた。

「前を見つめていこう」とか、「またこどもを作ろう」とか、信じられないような無責任な言葉を吐く夫のことを静香はもう信じられなくなっていたからである。

事件は新聞だけではなく、「安易に預けちゃダメ！　こどもにまつわるご近所トラブル」などというタイトルで女性誌に興味本位に取り上げられたり、ワイドショーでも何度か流れた。

離婚後、ぼろぼろになりながらもひとりで暮らしていた静香がその生活ももう限界だ、と思ったころに実家の母が、

「戻って来なさい」

といいタイミングで声をかけてくれ、心機一転やり直す気になった。

しょっちゅう報道された事件なので、知っている人もいるのだろうがみんな腫《は》れ物に触《さわ》るように接してくれていた。

しかし何にでも興味を持ち、思ったことはズバズバ言う佐竹さんはやはりこのことが知りたかったのだろう、と静香は思った。

どこだか知らないがお金持ちの家に生まれて幸せな結婚をし、よく稼ぐ優しい息子にも恵まれ、いつもオーダーメイドの服しか着たことのない裕福な人にはわからないこともあるのに、と。

妬《ねた》むつもりではないが、人は体験したことがないとやはりつらいことがあった人のことを親身にはわからないのではないか、しかしそのまま老人になるまで生きて来られて佐竹さんはなんて幸福な人なんだろう、と静香は思った。

とにかくもうすぐできるこのスーツを気に入ってくれればよいのだが、と静香は店先をのぞき込み、ミシン台の上にかけられているモスグリーンのそれを見つめていた。

「えっ、じゃあ、これはどういたしましょうか……」

困ったような声で母が受話器に向かってつぶやいた。

何かクレームが来たのか、と静香は全身が凍るような思いがする。

「本当に突然のことでお力落としのないようにしてくださいませ」

なんだか電話の切り方が変だったので、静香は顔を上げて母親を見つめた。

母はため息をつきながら、

「佐竹さん、亡くなったんやて」

と言った。

「まあ、どうして？」

「さあ、お年だから、夜中に心臓が停まったんちゃうか、って。まだようわからへん感じやったけど」

「でも息子さんが一緒に住んではるんでしょ？」

「ううん、なんか長いあいだ一人暮らしやったみたいよ。この電話も親類の人からやった。予定メモに『明日、服が完成。取りに行く』ってここの電話番号が書いてあったから連絡をくれたみたいやから。今日お通夜で明日お葬式やから、できたら今晩、ご自宅まで届けてほしいんねんて。お棺の中に入れてあげたいからって」

4

母に聞いた電話番号と住所とが書かれたメモと完成したモスグリーンのスーツと香典を持って、静香は歩いていた。

突然のことでびっくりしたが、悲しくはなかった。

むしろこんなに恵まれた人生でおまけに病気ひとつせず長生きまでしてうらやましいぐらいだった。

ただ佐竹さんが自慢していた孝行息子に嫁がいた場合、嫁姑の確執はあるだろうな、と想像はした。

あんなに他人が何をしても気に入らなくて絶対に嫌みを一言、言わずにはいられない人なんだから、可愛い息子の嫁がどんなに人格者だったとしてもうまくいくわけはない。

静香の場合は元夫の母親とはたいして接触がなかった。

距離的に離れていたこともあってたいして交流もなく、孫のこともたいして可愛がりはしなかったが、奈月の通夜や葬式ではドラマチックに声を上げて泣いたのでびっくりした。

静香は涙を流すのも忘れて現実が受け入れられずほうけたようにすわっているだけだったが、姑は弔問客がくるたびに何かのスイッチがオンになったように泣くので、それを興味深く見た。

「自分が孫を失って絶望している」というより、「孫を失って絶望的な私ってかわいそうでしょう？」と弔問客に問いかけているような感じがした。

そして夫が自分と結婚した理由のひとつに、自分にはそういうドラマチックなところがない、ということも含まれているのだろう、と静香は気がついた。

とはいえもうそのときには離婚したほうがいいのかも、という気はしていたのだが。

佐竹さんの嫁もほっとしていることだろう。

一人息子だったのか他にこどもがいたのかは知らなかったが、きっとたくさん遺産も残っているのだろう、などと思いながら静香はメモに書かれた住所にたどり着いた。

そこは薄汚れた集合住宅だった。

何かの間違いだろう、と思った。

もしかしてここに二十三と書かれてあるのは十三の間違いではないか、と思って引き返そうとしたとき、静香の目には灰色の矢印とともに「佐竹家」と書かれた電柱に貼られている案内の紙が飛び込んで来た。

どうやら間違ってはいなかったらしい。

その矢印のとおりに進んで行くうちに集合住宅の集会所があった。

狭い集会所だったが、入り口に「故佐竹フミ告別式場」と竹の枠でできた看板に書かれていた。

中途半端な時間のためか来ている人もまばらだった。

受付に人もいない。

躊躇《ちゅうちょ》しながらも進んで行くとたしかに白い菊に囲まれた小さな祭壇には佐竹さんの写真があった。

今より十年くらい若いときの写真だろうか。

頬のあたりが少しふっくらとした写真だった。

静香は佐竹さんの息子の年齢らしき初老の男性を目で探した。

お悔《く》やみを言うにしても何をするにしても、とにかく彼を捜し出さなくては、と思ったのだ。

しかしそれらしき男はいない。

簡素な椅子にすわっているのはみんなもっと年寄りの男か女ばかりだった。

どうしていいのかわからないまま、静香はとりあえず前に進んで御焼香をした。

縁があると言えばあったが、ないと言えばほとんどなかった佐竹さんと自分との間柄だが、佐竹さんはどうやら自分が思っているような豪華な暮らしをしている人ではなかったようだ、ということだけがわかってきた。

御焼香を済ませてとりあえずそのあたりの椅子にすわろうと様子を窺《うかが》っていた静香に、老婆というほどではない女性が近づいて来た。

彼女は静香に椅子をすすめると自分もその横にすわった。

「洋品店の方ですか?」

洋品店、という言い方が古いな、と思いながら静香はうなずいて、

「このたびは急なことで……」

と挨拶《あいさつ》をした。

「こちらこそ、なんか呼び付けたような形になってすみません。私は姪《めい》の久仁子《くにこ》です」

姪が出てくる、ということは息子とその嫁は他で挨拶でもしているのだろうか、と静香は考えた。

「あの、佐竹さんのお子さんは？」

思い切ってたずねてみた。

あれだけ佐竹さんが自慢していたよく稼ぐ親孝行の息子を見てみたい、という思いもあった。

「えっ、息子？」

姪という人が少しほほ笑んだので静香はなんとなく変だ、とは思った。

「一人息子は死にましたわ。もう五十年以上も前に」

「五十年！」

自分でも大きな声が出てびっくりした。

すわっている人みんながこっちを向いたような気がした。

「ほら、あそこに写真がおますやろ」

佐竹さんの姪が指さす方向にはたしかに写真があった。

祭壇の下の部分、何かの勲章と賞状みたいなものの横に白黒の男の軍服らしき姿の写真がある。

「人間魚雷、って知ってはりますか？」

「人間魚雷？」

静香は首を横に振った。

「浩太郎《こうたろう》いいますねんけど、海の特攻隊ですわ。一人分の潜水艇に片道だけの燃料積んで爆弾抱えて敵に体当たりするやつ。あれで亡くなりました。優しいええ息子さんやったのに。まだ二十一になるかならんかでした」

静香はもう一度その写真のほうを眺めた。

もう白も黒もなくなって薄い緑色になりつつある写真には朝日新聞のマークのような日章旗の前に立っている青年が写っている。

「旦那さんも昭和三十年に心臓発作で亡くなったんで、それからおばさんはずーっとひとりでした。下にもこどもがおったみたいやけど、その子は赤ちゃんのとき死んでますからね。寂しい人生でしたな。あの写真も賞状も一緒にお棺に入れてやりましょうかいな。それでも戦死ですよって、遺族年金がずーっときっちりきっちり入りますから、『死んでも孝行な息子や』言うていつも自慢してましたわ」

静香は黙ってうなずき、紙袋の中のモスグリーンのスーツと香典を佐竹さんの姪に手渡した。

帰り際、やはり祭壇の隅っこにあったらしい一葉の写真を手にとって姪が見せてくれた。

それは写真館で撮られたらしい夫婦と幼い一人息子の写真だった。

裕福そうなスーツのご主人と若く美しい佐竹さんが、まだ珍しかっただろう断髪に洋装でおしゃれをしている真ん中に坊ちゃんがりの少年が腰掛けていた。

「お母さんが洋装するの、浩太郎さんは好きみたいでしたわ。そやからずっと無理して服をあつらえてたんでっしゃろな」

「お棺の中の白装束の佐竹さんの上にスーツ、かけてあげたよ」

静香は玄関口で母にお清めの塩をかけてもらいながら言った。

「そう。もうちょっとで間に合ったのに残念やったねえ」

「でもなんか幸せそうやった」

静香は言った。

ずーっと孝行息子を愛して生きていけたことは幸福の一種だ、と。

その息子は独立もせず、嫁の味方をして自分をないがしろにもせず、こっちを年寄り扱いもしない。

自分の中の奈月はずっと幼稚園児だ。

花嫁にもならず、髪を染めて不良にもならず、母にもならない。

自分が死んだとき、奈月の写真はもう誰にとっても意味がなくなるので、一緒にお棺に入れてもらうしかないのだ、佐竹さんにとっての浩太郎さんの写真のように。

しかしそれが不幸だろうか。

綿々と続く血脈だけが、果たして幸福なのだろうか。

「そら幸福やったやろうね。あんなふうに文句ばかり言うて、それでも幸せに一生送る人もおるんやね」

母の言葉にうなずいた静香は母には佐竹さんの本当の暮らしを言うつもりはなかった。

母にだけではない、こんなことを誰にも言うつもりはなかった。

解説——非日常の光景を切り取った、予想もつかない物語世界

文芸評論家 三橋《みつはし》 暁《あきら》

（注）個々の作品について触《ふ》れているので、できれば最後にお読みください。

ある日あなたが、恋に落ちたとしよう。すると、恋は一瞬にしてあなたを別の世界へと連れ去ってしまう。例えば、見慣れた筈《はず》の風景が、やけに心浮き立つものに映ったり、とるにたらない些細《ささい》な出来事が、たまらなく切なく思えたり。恋に落ちたその瞬間、あなたを取り巻く世界は、瞬《またた》く間に大きな変貌を遂《と》げるのだ。

さて、恋愛小説ファンのみなさま、お待たせしました。島村洋子の『ココデナイ ドコカ』をお届けする。

しかし、言い得て妙とは、まさに本書のタイトルのことだろう。というのも、この『ココデナイ ドコカ』に収められたショートストーリーの数々は、たちまちのうちに読者のあなたを、恋に落ちた人々が連れ去られるそんな彼《か》の地へと導いてくれるからだ。島村洋

子の小説は、どれもが読む者を平凡な日常から離脱させずにおかない魔力のようなものを備えているが、さしずめ本書は、タイトルといい、内容といい、その極めつけといっていいだろう。

本書『ココデナイドコカ』は、九篇のショートストーリーを収録している。ご存知のように、長い短編が長編小説でありえないように、短い長編が短編小説というわけではない。両者はまったく別の次元に存在する小説の形であり、どんな小説家も、その二つのジャンルの間では、得手不得手《えてふえて》があると言われる。島村洋子も例外ではなく、その資質を長編作家のそれと見るか、それとも短編作家のものと見るかは、実はやや微妙なところがある。

わたし個人も、『美人物語』や『ザ・ピルグリム』といった長篇のたおやかな空気と、軽快なストーリーテラーぶりをこよなく愛する読者のひとりである。しかし、今回、久《ひさ》しぶりに本書をはじめとする彼女の短編集の数々をひもといてみて、島村洋子にはショートストーリーの書き手として天性の資質のようなものがあることに、改めて気づかされた思いがする。

ところで、恋愛小説に少し話を戻すが、恋に落ちて、ある人は至福の境地へと至り、またある人は地獄に落ちた思いに捕らわれたりもする。色恋沙汰《ざた》が巻き起こすあれやこれやをどう捕まえるかは、まさにそれを甘受《かんじゅ》する人によってさまざまである。

しかし、そこには例外なく非日常の光景が出現する。島村洋子は、その非日常が浮かび上がってくる瞬間を、当意即妙ともいうべき小説作法で鮮《あざ》やかに切り取ってみせる。そういう意味で、彼女の小説は、才能ある映画監督やカメラマンの仕事ぶりを連想させたりもする。

本書の収録作でいえば、「代用品」における、一番欲しいものは手に入らず、なぜかいつも代わりのものを手にすることになってしまう女性の不思議な恋のめぐりあわせ。また、「密閉容器」の、詐欺《さぎ》にあった女性が、失った恋と引き換えに手に入れるささやかな成長と達観。さらには、「事情通」で描かれる、一見平凡だった友人が、あることをきっかけに、主人公の目の前を生き急ぐように駆け抜けていく、そんな人生のひとコマなどな ど。作者の切り取る一瞬の非日常は、読者の目に実に鮮やかに映る。

さらに言えば、恋愛を扱った小説というのは、ややもすると主人公を中心として半径数メートルという箱庭的な世界に陥《おちい》りがちなものだが、そういう自家中毒の垣根を取っ払ったような風通しのよさがあるのも、島村洋子の作品の特徴だろう。彼女によって切り取られた非日常の光景は、潔《いさぎよ》さというか、安易なナルシシズムに流されない逞《たくま》しさがある。

本書の収録作品が、世の恋愛小説とよばれるものと若干《じゃっかん》肌合いを違《たが》えるのも、その辺に理由がある。ドラマチックな非日常を描きながら、その彼方《かなた》には確実に地続きで存在するありふれた日常というものを、どこか読者に意識させる、そんな冷静で乾いた普遍性のようなものが、彼女の作品には備わっているのだ。

この『ココデナイ ドコカ』に収められた九つの物語で繰り広げられる非日常のドラマが、読む者に人懐《ひとなつ》こさや親しみを抱《いだ》かせるわけも、実はそこにある。これらの作品に登場する舞台は、読者であるあなたのご近所であり、主役を演じる人物は、まさにあなたに似た人なのだ、と言い換えることもできるだろう。

また一方、女性心理を見事に突いた巧妙な詐欺の手口に感心させられる「嘘恋人」や、縁起《えんぎ》のいい電話番号を買い付けるという珍しい商売が登場する「番号屋」、さらにはドッグショーが取り持つ縁の奇妙な変転を描く「当て馬」といった作品は、ブランド品、携帯電話、愛犬といった時代性のあるキーワードがうまく使われている。しかし、これらの作品の本領はそのお洒落《しゃれ》な題材にあるのではなく、予定調和のまま終わらない物語の風変わりな面白さにこそあるのだ。

その定石《じょうせき》通りにいかない面白さの秘密は、島村洋子の物語が、混沌《こんとん》とした物語の小宇宙のようなものから成り立っていることにあるのではないかと思われる。これにはちょっと説明が必要かもしれない。

短篇小説というのは、緻密に用意された登場人物やプロットから成っているものだと思ってしまいがちだ。しかし、島村洋子の場合、いったん幕があがると、登場人物たちは、それぞれの思いで、小説の中で自由に往《ゆ》き来《き》を始める。やがて場面は変わり、登場人物たち《う》も作者のコントロールの範囲外となっていく中、物語はあらぬ方向へと展開し、読者は勿論《もちろん》、作者すらも予想をしていなかったような幕切れへと流れ着くのだ。

そんなショートストーリーの奥義は、妻と愛人という究極ともいうべき対立の構図を、読者が想像もつかないような形で描いてみせる「むらさき」と「偽妻」の二つの作品、さらには、子どもを喪《うしな》った母親の哀しみを主題に、本作品集における異色作中の異色作に仕上げた「幸福」からも伝わってくる。読者は、まるで目隠しをされたように、物語の紆余《うよ》曲折《きょくせつ》をめぐり、予想のつかない結末に連れて行かれる。そんな小説作法も、また『ココデナイドコカ』という本作品集のタイトルにシンクロするようで、面白い。

さて最後に、蛇足《だそく》ともいうべきトリヴィアを。本書の収録作品である九つのショートストーリーは、すべて二〇〇一年から二〇〇三年にかけて『特選小説』（発行・綜合図書）という月刊の小説雑誌に発表されたものである（単行本は、二〇〇三年九月祥伝社から刊行）。島村ファンとしてついつい頬《ほお》が緩《ゆる》むのは、ちょっと過激な中間小説雑誌のヌードグラビアや性愛小説に混じって、これらの作品が掲載されたことだ。エロチシズムが横溢《おういつ》する誌面の中にあってなお、これらの島村作品が異彩を放っているところを想像するのは、なんとも愉快なことだと思う。

どうか、ドラマチックな非日常の光景をファジーに描く島村洋子ワールドを心ゆくまでお楽しみいただきたい。

（この作品は、平成十五年九月、
小社から四六判で刊行されたものです）

一〇〇字書評

切り取り線

購買動機（新聞、雑誌名を記入するか、あるいは○をつけてください）

□（　　　　　　　　　　　　）の広告を見て	
□（　　　　　　　　　　　　）の書評を見て	
□ 知人のすすめで	□ タイトルに惹かれて
□ カバーがよかったから	□ 内容が面白そうだから
□ 好きな作家だから	□ 好きな分野の本だから

●最近、最も感銘を受けた作品名をお書きください

●あなたのお好きな作家名をお書きください

●その他、ご要望がありましたらお書きください

住所	〒				
氏名		職業		年齢	
Eメール	※携帯には配信できません	新刊情報等のメール配信を 希望する・しない			

あなたにお願い

この本の感想を、編集部までお寄せいただけたらありがたく存じます。今後の企画の参考にさせていただきます。Eメールでも結構です。

いただいた「一〇〇字書評」は、新聞・雑誌等に紹介させていただくことがあります。その場合はお礼として特製図書カードを差し上げます。

前ページの原稿用紙に書評をお書きの上、切り取り、左記までお送り下さい。宛先の住所は不要です。

なお、ご記入いただいたお名前、ご住所等は、書評紹介の事前了解、謝礼のお届けのためだけに利用し、そのほかの目的のために利用することはありません。またそのデータを六カ月を超えて保管することもありませんので、ご安心ください。

〒一〇一－八七〇一
祥伝社文庫編集長　加藤　淳
☎〇三（三二六五）二〇八〇
bunko@shodensha.co.jp

祥伝社文庫

上質のエンターテインメントを！　珠玉のエスプリを！

祥伝社文庫は創刊15周年を迎える2000年を機に、ここに新たな宣言をいたします。いつの世にも変わらない価値観、つまり「豊かな心」「深い知恵」「大きな楽しみ」に満ちた作品を厳選し、次代を拓く書下ろし作品を大胆に起用し、読者の皆様の心に響く文庫を目指します。どうぞご意見、ご希望を編集部までお寄せくださるよう、お願いいたします。

2000年1月1日　　祥伝社文庫編集部

ココデナイドコカ　恋愛小説

平成18年7月30日　初版第1刷発行

著　者　島《しま》村《むら》洋《よう》子《こ》

発行者　深澤健一

発行所　祥《しょう》伝《でん》社《しゃ》
東京都千代田区神田神保町3-6-5
九段尚学ビル　〒101-8701
☎03(3265)2081(販売部)
☎03(3265)2080(編集部)
☎03(3265)3622(業務部)

印刷所　堀内印刷

製本所　ナショナル製本

ISBN4-396-33299-8　C0193

祥伝社のホームページ・http://www.shodensha.co.jp/